AF186473

Tucholsky   Wagner   Zola   Scott   Sydow   Freud   Schlegel
    Turgenev   Wallace   Fonatne
    Twain   Walther von der Vogelweide   Fouqué   Friedrich II. von Preußen
              Weber   Freiligrath
Fechner   Fichte Weiße Rose   von Fallersleben   Kant   Ernst   Frey
                                                        Richthofen   Frommel
        Engels   Fielding   Hölderlin
    Fehrs   Faber   Flaubert   Eichendorff   Tacitus   Dumas
                 Maximilian I. von Habsburg Fock   Eliasberg   Ebner Eschenbach
    Feuerbach   Eliot   Zweig
              Ewald   Vergil
        Goethe   Elisabeth von Österreich   London
Mendelssohn   Balzac   Shakespeare
                 Lichtenberg   Rathenau   Dostojewski   Ganghofer
    Trackl   Stevenson   Doyle   Gjellerup
Mommsen   Thoma   Tolstoi   Hambruch
        Dach   Verne   von Arnim   Lenz   Hanrieder   Droste-Hülshoff
              Reuter   Hägele   Hauff   Humboldt
    Karrillon   Garschin Rousseau   Hagen   Hauptmann   Gautier
        Damaschke   Defoe   Hebbel   Baudelaire
                   Descartes   Hegel   Kussmaul   Herder
Wolfram von Eschenbach   Schopenhauer   Rilke   George
    Bronner   Darwin   Dickens   Grimm Jerome   Bebel   Proust
        Campe   Horváth   Aristoteles   Federer
Bismarck   Vigny   Barlach   Voltaire   Herodot
                 Gengenbach   Heine
    Storm   Casanova   Tersteegen   Grillparzer   Georgy
              Chamberlain   Lessing   Langbein   Gilm
Brentano   Gryphius
    Strachwitz   Claudius   Schiller   Lafontaine
                                   Schilling   Kralik   Iffland Sokrates
        Katharina II. von Rußland   Bellamy
                          Gerstäcker   Raabe   Gibbon   Tschechow
Löns   Hesse   Hoffmann   Gogol   Wilde   Gleim   Vulpius
    Luther Heym   Hofmannsthal   Klee   Hölty   Morgenstern
        Roth   Heyse Klopstock   Goedicke
Luxemburg   Puschkin   Homer   Kleist
              La Roche   Horaz   Mörike   Musil
    Machiavelli   Kierkegaard   Kraft   Kraus
Navarra   Aurel   Musset   Kind   Moltke
    Nestroy Marie de France   Lamprecht   Kirchhoff   Hugo
        Nietzsche   Nansen   Laotse   Ipsen   Liebknecht
              Marx   Lassalle   Gorki   Ringelnatz
    von Ossietzky   May   Klett   Leibniz
        Petalozzi   vom Stein   Lawrence   Irving
    Platon   Knigge
    Sachs   Poe   Pückler Michelangelo   Kock   Kafka
        de Sade Praetorius   Mistral   Liebermann   Korolenko
                                  Zetkin

Der Verlag tredition aus Hamburg veröffentlicht in der Reihe **TREDITION CLASSICS** Werke aus mehr als zwei Jahrtausenden. Diese waren zu einem Großteil vergriffen oder nur noch antiquarisch erhältlich.

Symbolfigur für **TREDITION CLASSICS** ist Johannes Gutenberg (1400 — 1468), der Erfinder des Buchdrucks mit Metalllettern und der Druckerpresse.

Mit der Buchreihe **TREDITION CLASSICS** verfolgt tredition das Ziel, tausende Klassiker der Weltliteratur verschiedener Sprachen wieder als gedruckte Bücher aufzulegen – und das weltweit!

Die Buchreihe dient zur Bewahrung der Literatur und Förderung der Kultur. Sie trägt so dazu bei, dass viele tausend Werke nicht in Vergessenheit geraten.

Leben des berühmten Kaisers Abraham Tonelli

Eine Autobiographie in drei Abschnitten

Ludwig Tieck

Impressum

Autor: Ludwig Tieck
Umschlagkonzept: toepferschumann, Berlin

Verlag: tradition GmbH, Hamburg
ISBN: 978-3-8424-1272-9
Printed in Germany

Erster Abschnitt

1.

Habe hier in meiner Einsamkeit und mitten unter meinen Regierungsgeschäften vernommen (weil mich auch stets für Literatur interessiere), daß man sich sehr um wunderbare Begebenheiten in Deutschland, meinem lieben Vaterlande, bekümmert. Aber noch ist kein König oder Kaiser aufgestanden und hat seine Memoirs oder Confessions niedergeschrieben, so daß mir dieses vorbehalten scheint, in diesem Fache der Erste zu sein. Ich schreibe also mein eignes, wahrhaftiges Leben für den Druck und für die Nachwelt nieder, weil dergleichen Denkwürdigkeiten oft eine nützliche Nacheiferung veranlassen, und so der Weg der Tugend und der wahren Größe immer mehr ausgetreten und gangbarer wird. Daneben ist meine Geschichte so anziehend, so sehr mit Wunderwerken und Gespenstern angefüllt, daß sie zugleich eine überaus angenehme und anmutige Unterhaltung vorstellen kann. Ich kann mir's vorstellen, daß man neugierig sein wird, und darum will ich lieber sogleich zum Anfang schreiten.

2.

Ich bin nur von geringem Herkommen und nicht sonderlicher Erziehung. Meine Eltern wohnten in der Nähe von Wien; es waren arme Handwerker, die mich zu einem Schneider in der Stadt in die Lehre taten. Mein Taufname war Abraham Anton, und ich wurde von meinem Meister und den Gesellen gewöhnlicherweise nur Tonerl genannt.

Die Stadt Wien ist eine große Stadt und liegt an der Donau; das hab' ich dazumal mit meinen eignen Augen gesehn, und kann es daher auch um so dreister behaupten. Man nannte sie auch zu meiner Zeit die Residenz; auch soll sie die Hauptstadt von ganz Österreich sein. Will manchmal, wo's paßt, Statistik und dergleichen einfließen lassen. Ist um Politik und alle Kenntnis gut Ding.

Ich fühlte bald, daß ich zu größern Dingen bestimmt sein müßte; denn ich merkte keinen sonderlichen Trieb zur Arbeit in mir. Ich wünschte mir immer zaubern zu können, oder ein König zu werden, und vertiefte mich dann mit meinen inwendigsten Gedanken oft in delikate Gerichte, so, daß man mich ordentlicherweise mit der Elle wieder in die Richte messen mußte, wollt' ich nicht gar darüber einschlafen.

Hört' ich nun vollends von wunderseltsamen Hexenkünsten, von Geistern und unterirdischen Schätzen, so konnte oft davor den ganzen Tag kein Auge zutun; schlief dann aber in der Nacht desto besser. Manchmal wünschte mir nur unsichtbar sein zu können, oder zu fliegen, oder ein Tischtuch, das alle Speisen, Braten, Kuchen und Wein brächte; – war aber Alles vergebens.

3.

Indessen ich nun obgedachtermaßen meine Phantasie in dergleichen Idealen abarbeitete, machte ich auch in der Schneiderkunst nicht wenige Progressen. Gedachte nämlich in meinem kindischen Gemüte, den güldenen Boden anzutreffen, den jedes Handwerk in sich führen soll, wollte auch schon Land rufen und Anker auswerfen, als mir einmal prächtige goldene Tressen in die Hände fielen, wenn mich nicht glücklicherweise der Meister darüber erwischt und mich auf den Pfad der Tugend, sogar bei den Haaren, zurückgerissen hätte.

4.

Je älter ich ward, je mehr Lust verspürte ich zu einem wunderbaren Lebenswandel in mir. War unzufrieden, daß es den einen Tag wie den andern herging, und nur sehr selten Trinkgelder einliefen. Ich suchte zwar aus meinem Stande so viel zu machen, als mir nur möglich war, denn ich sprach Jedermann an, sobald ich auch nur eine Bestellung hatte; aber es geriet mir nicht immer, denn oft ward ich ausgescholten; woran mich aber bald gewöhnte.

Was mich noch verdroß, war, daß alle Menschen über mein Handwerk spotteten, denn wenn ich einmal zu Biere ging, wobei mir immer mit Schinken und andern Leckerbissen aufwarten ließ, ward ich von allen anwesenden Gästen herumgenommen und dermaßen tribuliert, daß ich oft aus den Eßwaren den Wohlgeschmack gar nicht herausschmecken konnte, sondern nur in der Eil Alles hinunterschluckte. Was mich sehr verdroß.

Ich klagte dem Meister meine Not, der mich ermahnte, keinen Anstoß daran zu nehmen, weil das einmal eine hergebrachte Gewohnheit sei; die Leute ließen sich von der Religion und ihren herkömmlichen Sitten nicht gern etwas schmälern. Die Juden würden ja noch mehr verfolgt, oft sei es nur Neid, der aus den Leuten spreche; ich solle nur tapfer darauf antworten.

5.

Ich hatte die Lehrjahre überstanden, und glaubte nun ein ganzer Kerl zu sein; aber nun ging mein Leiden unter den übrigen Handwerksburschen erst an. Da war Keiner, der nicht den neuen Gesellen vexiert hätte, um seinen Verstand an mir zu beweisen; ja es geschah wohl zuweilen, daß sie sogar Händel suchten. Ich trachtete gewöhnlich, mich durch eine glückliche Flucht zu retten. Mein Meister führte mir meine Zaghaftigkeit zu Gemüte, und sagte etwas unfreundlich: Lumpenhund! (NB. Muß lachen, wenn ich daran gedenke, daß ich jetzt ein Kaiser bin.) also: Lumpenhund! hast Du denn keinen Witz, keine Einfälle? Ist Dir der Verstand denn ganz verregnet, daß Du Alles so auf Dir sitzen lässest?

Nun ging wieder in's Wirtshaus und nahm mir fest vor, gewiß etwas Tüchtiges und Gesalzenes aus meinem Munde hören zu lassen. Kaum war ich hineingetreten, so nahm richtig die Schrauberei wieder ihren Anfang; sonderlich taten sich zwei Leinwebergesellen hervor. Nun überlegte ich meinen Spruch eine kleine Weile (denn man soll nie aufs Geratewohl sprechen, wenn der Himmel uns auch noch so große Weisheit verliehen hat), und nach einiger Überlegung fuhr ich so heraus: Ihr erzdummen Esel! Ihr untersteht Euch, über einen Schneider zu spotten, da Ihr selber doch nur Leinweber seid?

6.

Alle Gäste lachten über meinen Einfall so laut, daß man es gemächlich über die Gasse hören konnte; ich war in meinem Herzen mit dem Gefühl zufrieden, daß ich es ihnen reichlich vergolten hätte und verblieb über meinen Sieg so ziemlich bescheiden, ob es mir gleich etwas sauer ward; denn es war in meinem Leben das erste Mal, daß ich meinem Witze so den Zügel schießen ließ, hatte auch nicht erwartet, daß mein bischen Mutterwitz einen so gütigen, aufmunternden Beifall finden würde; aber es waren noch mehr Leinweber zugegen, die plötzlich zu den Prügeln griffen, da sie keinen Verstand bei der Hand hatten. Das zog mir zu Gemüte und entwich eiligst, worauf ich dann zum Meister kam, und sagte: Mein Witz bekömmt mir noch schlechter, so daß ich sogar, ohne mein Bier auszutrinken, habe davon laufen müssen. Das ist hier ein übler, ungesunder Ort, ich will mich auf die Wanderschaft begeben, vielleicht, daß es mir in andern Gegenden besser geht.

Der Meister war mit meinem Entschluß zufrieden; ich nahm von den Eltern Abschied und begab mich unverdrossen auf die Wanderschaft.

7.

Nun war ich auf der Wanderschaft, von der ich oft so Vieles hatte erzählen hören. Es ereignete sich, daß ich immer einen Fuß vor den andern setzen mußte, worauf jener wieder nicht der hinterste sein wollte, indem der andere voranlief und aus diesem Wettstreit war das Wandern zusammengesetzt. Im Anfange däuchte mir diese Übung ganz lustig und ich glaubte sogar, ich würde hinter dem nächsten Hügel schon in ein ganz fremdes, wundervolles Land geraten. Ich hatte dazumal noch gar keine Erfahrung, und stellte mir daher vor, wie leicht es mir fallen müsse, binnen Kurzem ein großer und wohl vornehmer Mann zu werden. Ja, mein geliebter Leser, es kostet manche Künste, ehe man es nur dahin bringt, Graf oder Herzog zu werden, wie du im Verlaufe meiner Begebenheiten gewahr werden sollst.

Bald ging mir der Proviant aus, das Reisegeld nahm ab und mußte nun die Künste treiben, in denen die meisten Handwerksburschen wohl bewandert sind. Das ging noch an. Aber nach einigen Tagereisen geriet ich in eine fürchterliche Wüste, die so einsam war, daß ich auch nicht einen einzigen Menschen darin antraf.

8.

Hatte mir unter einer Wüste immer ganz etwas Anderes vorgestellt, als was mir jetzt vor der Nase lag; denn das war eben nichts Besseres, als ein Wald. Ich konnte den großen Weg nicht wieder finden, dabei auch keinen Menschen, kein Haus, kein Dorf. Ich dachte anfangs, daß das auch mit zum Reisen gehöre; da aber endlich der Hunger allzusehr überhand nahm, wurde ich meines Irrtums gewahr. Ich hatte mich nämlich verirrt, und lief bald links, bald rechts, wobei mir die Knie vor Furcht zitterten; auch rief ich um Hülfe, aber Alles vergebens. Wobei mich bis Dato noch darüber verwundere, daß sich alle Menschen ihre Häuser und Städte von dieser Wüste so weit ab gebaut haben; vielleicht, daß sie eben so vielen Abscheu dagegen haben, als ich selber, und dem Hunger eben so gern aus dem Wege gehn.

Das wär' Alles noch zu ertragen gewesen; aber nun brach gar die finstre Nacht herein. Darüber kam ich in großes Schrecken, und dazumal habe ich es eingesehn, daß die Nacht wirklich keines Menschen Freund ist. Denn es dauerte nicht gar lange, so machten sich Wölfe, Bären und dergleichen Kreaturen in meiner Nähe etwas zu tun; im Grunde nur Vorwand, weil sie mich fressen wollten. Selber nichts zu beißen und zu brechen und noch dergleichen Zumutungen. Sehr fatal!

Mußte in den Umständen auf einen Baum steigen, was ich sonst noch nie getan hatte: aber die Löwen turnierten und lärmten um mich herum, daß ich mich dazu zu resolvieren genötigt sah. Sie kehrten sich aber daran nicht, sondern gingen insgesamt mit Brummen und Zähneblöcken um meinen Baum herum. Wünschte mir wieder, nur auf die gewöhnliche Art im Wirtshaus vexiert zu werden, und hätte viel darum gegeben.

9.

Die Nacht über hatte ich in der Tat eine schlechte Schlafstelle gehabt. Das Morgenrot brachte mir viele Freude, denn nun gingen die ungebetenen Gäste wieder von meinem Baume weg. Ich stieg vom Baum herunter und sah mich genötigt, einige rohe Wurzeln zu frühstücken, die mir nicht sonderlich schmeckten. Ich lief umher und traf auf kein besser Mittagsbrot. Hätte mich geschämt, wenn mich ein einziger Mensch hätte die rohen Wurzeln essen sehn; aber bei so bewandten Umständen war von meiner Seite eben nichts anders zu tun. Ich verfluchte oft meine Auswanderung und meinen Stolz, daß ich in der Welt was Besonderes hatte werden wollen: aber das war nun alles zu spät.

10.

So bracht' ich noch zwei Tage zu, indem ich immer in meiner Wüstenei herumreiste. Ich glaube, daß ich an manche Stellen drei bis vier Mal hingekommen bin, weil, wie gesagt, kein Weg anzutreffen war, sich auch alles Buschwerk so gleich sah, daß ich es nicht

einmal wissen konnte. In der dritten Nacht war heller Monden-
schein und ich retirierte mich wieder auf eine sehr hohe Tanne. Als
ich noch mein Unglück bejammerte, kamen zwei Kerls aus dem
Dickicht, mit zwei geladenen Gewehren, die sie nach mir hinzielten.
Ei, wie hätte ich die Löwen lieber gemocht, als diese verruchten
Mörder! War auch nicht verzagt, sondern fing gar erbärmlich an zu
schreien, und sie möchten Mitleid haben u. s. w.; ich wäre ganz
ohne mein Zutun und unverhofft in diese Wüstenei geraten; ich sei
ein wandernder Schneidergesell u. s. w.; sie möchten ein Einsehen
haben, und um Gotteswillen das liebe Schießen lassen; ich sei nicht
der Mühe wert u.s.w.

Weil sie die Absicht hatten, Mörder zu sein, kehrten sie sich an
meine beweglichen Reden nicht, sondern zielten mir mit den Röh-
ren immer noch unter die Nase. Der eine meinte, wenn ich Schätze
bei mir hätte, sollte ich sie nur gutwillig herausgeben, denn sie wären Straßenräuber, die sich am liebsten in solchen Wüsten aufhiel-
ten, widrigenfalls wollten sie mich wie einen Vogel von meiner
Tanne herunter schießen, und mir nachher das Meinige mit Gewalt
wegnehmen.

Erwiderte, daß mich schäme, nicht mehr als zwei bare Groschen
in meinem Vermögen zu haben, wenn ihnen damit gedient wäre,
sollten diese ihnen gern gegönnt sein. Ich wüßte aber nicht weit von
Polen einen vergrabenen Schatz, den ich ihnen anzeigen wollte,
wenn sie mir das Leben gönnen möchten. Ich sei eigentlich aus
dieser Ursach von Wien abmarschiert, um diesen Schatz zu heben,
den mir eine weise Frau angezeigt habe. Diesen wollt' ich ihnen
lieber gönnen, wenn sie mir zur Vergeltung nur das Leben lassen
wollten.

11.

War Alles nicht wahr, mein hochgeehrter Leser, sondern 'ne ver-
flucht fein ausgesonnene Lüge von mir; es war eine Kopfarbeit, die
sich sehn lassen durfte, die ich da oben auf meiner Tanne nächtli-
cherweise vornahm. Beinahe wäre ich vor purem Zittern herabge-
fallen, mitten unter die Mörder hinein, wenn mich nicht die Vorsehung glücklicherweise zu etwas Besserm aufgehoben hätte.

Die Mörder glaubten meinen Worten, sie sagten, ich möchte her-
untersteigen und ihnen den Weg weisen. War contentiert und wil-

ligte ein, falls sie mich nur aus der Wüstenei hinausführen wollten. Das versprachen sie ihrerseits auch, und somit stieg ich wirklich hinab.

Habe in meinem Leben nicht wieder Leute angetroffen, die nach einem Schatze so überaus begierig gewesen wären, als diese Mörder. Sie konnten mit Fragen kein Ende finden, und ich wußte ihnen immer wieder etwas Neues aufzuheften. Als wir eine Weile mit einander gegangen waren, war ich mit den Mördern ordentlicherweise bekannt und vertraut: sie konnten sich recht freundschaftlich anstellen, und ich hätt' es nimmermehr hinter ihnen gesucht, wenn sie nicht vorher so tückischer Weise mit den Flinten nach mir gezielt hätten. Der einzige Umstand war unsrer Freundschaft im Wege.

Sie erkundigten sich bei mir, wie und auf welche Art der Schatz gehoben werden müsse. Ich erzählte ihnen darauf recht umständlich, wie es damit noch gar manche Bedenklichkeiten habe; denn es sei nichts Kleines, einen unterirdischen Schatz zu heben, und die Gespenster, die ihn bewachten, hätten oft wunderbare Grillen. Die Kerls glaubten das Alles. Ich sagte weiter, kein Eisen dürfe dem Schatz nahe kommen, sonst versinke er viele tausend Klafter tief in die Erde hinein. Dies war nun mein Hauptkniff, auf den Alles ankam, und die dummen gutherzigen Mordbrenner schmissen nun auch ihre Gewehre, Säbel und grausam langen Messer von sich. Mir kam ein Grausen bei diesem Spektakel an, und doch war ich froh, daß ich sie nur so weit hatte.

Unter diesen künstlichen Lügen waren wir nun wirklich aus der Wüstenei heraus gekommen. Das Herz wurde mir leichter. Nicht weit davon lag ein Dorf vor uns, und nun dachte ich: jetzt ist es Zeit, daß du von den bösen Buben loskommest! sagte ihnen also, sie sollten sich ein Herz fassen, denn nicht weit von dem Dorfe wäre der Schatz vergraben.

Sie gingen noch hitziger nach dem Dorfe zu, als ich; aber als wir ganz nahe waren, fing ich aus vollem Halse an, um Hülfe zu rufen; ich schrie Feuer und Mord und Gewalt, Alles durcheinander. Darüber kamen die Leute zusammen, weil sie gern sehn wollten, was da so schrie; die Mörder waren aber auch nicht dumm, sie merkten, daß sie mit einem klugen Vogel zu tun gehabt hatten, daß Alles nur

Finten wären, sie liefen weg und waren nur froh, daß sie mit heiler Haut davon kamen.

Bin übrigens wohl der erste Mensch, den Mörder aus einer Wüstenei haben zurecht weisen müssen.

12.

Da ich nun meine Lebensgefahr überstanden hatte, ließ ich es mir im Wirtshause tapfer schmecken. Das Essen bekam mir nach der langen Reise sehr gut; auch gönnten mir's die Leute.

Es war mir zuwider, daß ich mich gezwungen sah, meine Reise fortzusetzen. Ich hatte auf Wüsten, Löwen, Mörder und Hunger nimmermehr gerechnet, konnte auch nicht wissen, ob mir mein Verstand in der Not immer so beistehn würde; denn, wie man zu sagen pflegt, so ist nicht alle Tage Sonntag. Ging also unter Herzklopfen weiter.

Es war auch wirklich ein miserables Wesen; denn der Hunger mußte bei mir noch oft seine Rolle spielen. Endlich kam ich in Polen an.

Damit war mir auch nicht viel gedient; denn kein Meister wollte mir Arbeit geben. Endlich hörte ich von einem polnischen Edelmanne, von dem mir die Leute sagten, daß er sich einen geschickten Schneider zum Bedienten wünsche. Ich lief sogleich zu ihm und er fragte mich, ob ich im Stande sei, die Kleider nach der neuesten Mode zu machen. Ich schwur darauf und es war auch der Fall. Zur Probe mußte ich mir meine eigne Liverei machen: war mir herzlich lieb, denn mein Rock war ganz abgerissen.

13.

Der Baron hatte an meinen Kleidern nichts auszusetzen, und ich merkte bald, daß ich ihm mit meiner Kunst sein ganzes Herz gestohlen hatte; denn ich konnte von ihm verlangen, was ich nur wollte. Er war ein guter, unansehnlicher Herr, der viel auf seine Kleider hielt.

Er schickte mich oft aus, um in der Nachbarschaft etwas zu bestellen, weil ich zu dergleichen Aufträgen ein sonderbares Geschick in mir verspüren ließ. So kam ich einmal wieder, und will meinem Herrn die Antwort bringen, wie ich aber seine Tür aufmache, ist er nicht in der Stube, sondern ein großer Affe sitzt in des Herrn Lehnstuhl.

Erst wollt' ich lachen, besann mich aber eines Bessern und fing an, mich zu fürchten. Lief spornstreichs die Treppe hinunter und schrie nach meinem gnädigen Herrn. Die Bedienten fragten, ob ich unsinnig wäre, der Herr sei in seiner Stube. Ich ging zurück, und der Baron war auch wirklich da. Ich war ganz verblüfft, wollt es ihm doch nicht auf den Kopf zusagen, daß ein Affe in seinem Stuhle gesessen hätte, weil ich keine Zeugen aufführen konnte. War mir doch bedenklich.

14.

Ein andermal hatte ich für meinen Baron etwas eingekauft, und so wie ich mit meinem Paket in die Stube trete, spaziert ein großer, gewaltiger Löwe darin umher. Ich besann mich nicht lange, sondern lief mit großem Schreien wieder zurück und sagte, daß oben ein großer Löwe in der Studierstube sei. Die Bedienten lachten und der eine sagte: Wer weiß, was Ihr Narr da oben gesehen habt.

Nun ist es mir nicht gegeben, lange Spaß zu verstehn, sagte daher mit dem größten Unwillen: Sakkerment! (vielleicht fuhr ich auch mit Sapperlot! heraus, wollte aber nicht bei'm Teufel fluchen, weil mir hier Alles so bedenklich schien,) werde doch wohl noch einen Löwen kennen, da müßte es ja schlimm mit mir stehn! haben sie mich doch schon einmal fressen wollen, so genau kenn' ich die Bestien; werde sie ja nicht mit einem Menschen verwechseln! Die Bedienten gaben mir nach, da ich so ungemein böse wurde; der Koch erbot sich endlich aus Mitleid, mich hinauf zu begleiten, weil sie dachten, ich könnte am Ende wohl gar toll darüber werden. Der Koch mußte vorangehn, damit, wenn eins von uns gefressen würde, ihn das Schicksal dazu ausersehn hätte. Aber es kam besser, als ich dachte. Oben war Niemand weiter, als der Baron, der in seinem Zimmer auf und ab ging; kein Löwe zu sehn oder zu hören.

Auf der einen Seite war mir's lieb, auf der andern aber auch gar nicht. Ich merkte nun wohl, daß mein Herr diese Verwandlungen anstelle; aber damit war mir wenig gedient. Wenn ich ihm einmal ein Ding nicht recht machte, so könnte er wohl gar darauf verfallen, sich in den leibhaftigen Teufel zu verstellen, um mir so mit der besten Manier den Hals umzudrehen, weil es nachher Niemand auf ihn bringen könnte.

15.

Seit der Zeit ging ich sehr sauber und behende mit meinem Herrn um, weil ich nun wußte, daß so viele Bestien in ihm verborgen lagen, die sich bei der ersten Gelegenheit entwickeln könnten. Der Baron war aber nur desto freundlicher. Ich tat meine Dienste sehr pünktlich, weil es mir sonst übel geraten wäre.

An einem Tage ließ mich der Edelmann zu sich kommen und sagte: Mein lieber Schneider, Du hast Dich in meinem Hause immer gut verhalten, ich liebe Dich darum, wie ich nur meinen leiblichen Bruder lieben könnte.

Bedankte mich gar höflich und machte darüber ein tüchtiges Kompliment, so, daß dem Baron über meine Freundlichkeit das Herz im Leibe lachte. Als ich das sah, versuchte ich's noch besser, so daß ich nach der Länge in die Stube fiel. Drauf nahm er mich in die Arme und sagte mit tränenden Augen: Mein vielgeliebter Schneider! es ist wahr, daß ein unvernünftiges Tier aus mir werden kann, zu welchem ich nur Lust und Belieben trage. Alles dies macht diese kleine Wurzel, wenn ich nur daran rieche und den Namen eines Tiers ausspreche, so wird alsbald dasselbige aus mir. Wenn Du mir nun treu und redlich dienst und Gefallen an dergleichen Kunststücken hast, so sollst Du ein Stück von dieser Wurzel dermaleinst, als eine Verehrung, von mir erhalten.

Ich hatte nur zu große Lust dazu, und diente auch von dem Tage an noch eifriger, als zuvor.

16.

Der Baron schenkte mir bald darauf wirklich die Wurzel, und ich konnte kaum die Zeit erwarten, mein erstes Probestück damit abzulegen. Ich ging also in den Wald und roch an meiner Wurzel, und verwandelte mich augenblicklich in einen kleinen, niedlichen Steinesel. Es war die erste Kunst, die ich trieb, und ich konnte mich nicht genug über meine Geschicklichkeit verwundern.

Ich kostete in der Einsamkeit das Gras und die Disteln, die da herum wuchsen, und fand sie alle von vortrefflichem Wohlgeschmack. Mit dieser Wurzel in der Tasche bot ich nun allen künftigen Wüsteneien und jedem Hunger Trotz. Sie war so gut, wie eine Pension, oder eine Stelle als Akademicien.

Darüber kam's denn auch, daß ich wohl eine Stunde über gar keine Lust verspürte, wieder zum ordentlichen Menschen zu werden. Kann man mehr als sich satt essen? sagte ich in Gedanken zu mir selber; warum, Tonerl, willst du die Nase immer so hoch tragen? Kannst du nicht auch einmal mit deinem Stande zufrieden leben? – und fraß von Neuem in die herrlichen Disteln hinein.

17.

Ich konnte mich, wie gesagt, aus meinem neuen Glücke nicht wieder herausfinden. Endlich zwang ich mich doch ein Bischen und roch an meiner Wurzel, und war wieder zum Menschen. Als ich ein Mensch geworden war, stachen mir die Disteln im Leibe, die ich erst mit so vielem Appetite gegessen hatte. Das kam daher, weil ich es sonst vorher noch nie versucht hatte; denn jedes Ding erfordert seine Übung.

Da das Kneifen gar nicht aufhören wollte, sagte ich: Tonerl! bist du nicht ein rechter Narr? Wo hast du deinen Witz und Verstand gelassen? Wirst zum Schein und Spaß ein Esel, und frissest zum Angedenken so überaus wahrhaftige Disteln in dich hinein! Muß denn eben Alles gefressen sein? Kannst du die Schönheit der Welt mit keinem uninteressierten Auge betrachten? – Und es ist auch wohl ein großes Glück, nach dem du deine Lebenszeit über getrachtet hast, ein Esel zu werden! Sind das die Zauberkünste alle?

Ich schämte mich vor mir selber; um mich zu zerstreuen und Erholungs wegen verwandelte mich Augenblicks in eine Katze, und lief so nach Hause, nahm mich aber sehr in Acht, unterwegs nicht die etwanigen Mäuse wegzufangen. Der Appetit dazu versagte mir wirklich nicht.

18.

Seitdem übte ich mich Tag für Tag, allerhand Tiere nach dem Leben und der Wahrheit zu repräsentieren, brachte es auch darin zu einer erstaunenden Vollkommenheit; muß aber gestehen, daß mir die vierfüßigen am besten gelangen, und bin ungewiß, ob solches an der Wurzel oder an mir selber mag gelegen haben. Wenn ich mich eiligst verwandeln wollte, verfiel ich gewöhnlich auf eine Maus, oder dergleichen kleines Haustier, mußte aber immer die Gedanken ein bischen zusammen haben, wenn ich zum Adler oder Löwen, in Summa, Raubtier werden wollte.

An einem Tage hatte er mich ausgeschickt, und des verfluchten Saufens wegen, verspätete mich an demselben Tage. In aller Unschuld geh' ich nach Hause, und verwandle mich vor den Augen meines Herrn in einen kleinen Hund, um ihm ein unschuldiges Vergnügen zu machen. Der Baron war über mein Wegbleiben böse und machte sich zu einem ungeschlachteten Elephanten, worauf er so wild durch das Haus rumorte und tobte, auch mich gegen die Wände schmiß und mit dem Rüssel schlug, daß ich nicht anders gedachte, als der jüngste Tag sei vielleicht unterwegs. Faßte einen kurzen Entschluß, und lief gar aus dem Hause.

19.

Lief und lief in eins fort, und kam endlich gar an die See, wo ich stille stand, in Willens, auf ein Schiff zu warten und in irgend ein andres Königreich oder Land überzusetzen, um da mein Heil besser zu versuchen.

Ich hatte mich schon wieder zu einem Menschen gemacht, um mit den Schiffern eine vernünftige Abrede zu nehmen; war aber vom Hunde her noch ziemlich müde auf den Beinen. Als ich noch wartete, kamen ein Kuppel Bediente von meinem vorigen Herrn angesprengt, die mich aufjagen oder lieber gleich massakrieren sollten. Ich merkte den Vorsatz und war bald eine Fliege; denn es kostete mich nur ein Wort und ein Riechen. So war ich in der Luft über den Narren und hörte, daß sie mich umbringen wollten, im Fall sie mich erwischen könnten.

Sogleich war ich wieder zum Schneider, da setzten sie hinter mir her; aber ich war eben so geschwind eine Fliege und nahm mich nur vor Schwalben und Sperlingen in Acht, daß ich nicht mitten unter meinen Kunststücken weggeschnappt würde.

Die Bedienten wußten gar nicht, was sie denken sollten, denn bald war ich wieder da, bald aber auch nicht; es war mir lächerlich, wenn sie mich sahen und hinter mir herjagten; dann war ich wieder weg; konnte aber als Fliege nicht lachen und mußte mir es also zwischen den Zähnen verbeißen.

So mußten die Bedienten unverrichteter Sachen wieder zurückreiten; denn sie hatten mich nicht gefangen, ja nicht einmal massakriert: worüber im Herzen sehr kontentiert war.

20.

Da ich nun sicher war, wurde ich wieder zum ordentlichen Schneider, weil ich so, wie gesagt, den Sperlingen weniger ausgesetzt war, und ging wieder an das Seeufer. Da sah ich über's Meer einen ungeheuern Vogel mit großen Krallen herüberschweben, mit dem mir eine artige Anekdote begegnete.

Ich fing mich nämlich vor seinen Klauen an zu fürchten, ob ich gleich wieder ein großer Schneider war; verkroch mich daher und vermaskerierte mich gleichsam in eine kleine, unansehnliche Maus, um nicht in Ungnaden vermerkt zu werden. Da half kein Privatstand, keine Unbedeutendheit. Das fliegende Ungeheuer faßt mich (Maus) zwischen seinen Krallen und immer damit weg über's wüste, wilde Meer, hoch in die Luft hinein.

Brauchte nun auf kein Schiff mehr zu warten, das ist wohl wahr; aber ich stand vor Schwindeln die Seekrankheit oben in den himmlischen Lüften aus. Ich war bange, mein Patron, unter dessen Flügeln ich wohnte, würde mich in's Wasser fallen lassen, oder unterwegs verspeisen. Aber er schien nur am Fliegen einen Narren gefressen zu haben; denn das Ding hatte gar kein Ende.

21.

Endlich kamen wir an ein hohes Schloß, das viele Zierraten hatte, da setzte mich der hohe Unbekannte auf den allerobersten Gipfel nieder, und begab sich von Neuem auf's Fliegen, ohne auch nur ein Trinkgeld von mir zu erwarten.

Ich blieb noch ein Weilchen Maus und stieg behende das ganze Schloß hinunter, bis auf den Boden; denn ich überlegte als Maus, daß ich als Mensch gewiß den Hals brechen würde. Nun war ich unten in dem Schloßhofe, wo Leute standen; an ihrer Kleidung merkte ich, daß es Perser waren, denn bei meinem ehemaligen

Schneidermeister hatten Kupferstiche von ihnen an den Wänden gehangen.

Sie wunderten sich, wo ich herkäme; der König kam gelaufen, denn sie erzählten, daß plötzlich ein fremder Mensch in einer unbekannten Kleidung da stehe. Der König fragte mich, wer ich sei, ich scharrte und neigte, und konnte durchaus das Maul nicht halten, denn das Herz saß mir auf der Zunge; ich plauderte was durcheinander, bald zischend, bald miauend, und siehe da, es war das schönste Persisch. Ich hatte kein Wort davon verstanden, was ich erzählte; die übrigen Perser hatten Alles begriffen und freuten sich darüber. Eine wunderbare Gabe, die mir der Himmel da unversehens mitgeteilt hatte. Ich redete den ganzen Tag; weiß aber bis dato noch nicht, was es gewesen ist.

22.

Mein erstes Bestreben war nun dahin gerichtet, meine eigne persische Sprache zu verstehn, weil in der Besorgnis stand, ich möchte endlich gar die menschliche Vernunft darüber verlieren, wenn ich Tag für Tag so viele Worte ohne Sinn redete. Übte mich in der Sprache bei dieser Gelegenheit, und ging in der Philosophie augenscheinlich rückwärts; verspürte auch einige Neugier, zu erfahren, was ich den ganzen Tag wohl schwatzen möchte; denn das Maul stand mir wirklich nicht eine Minute still. Lernte also aus Leibeskräften, und nahm jeden Tag ein paar Stunden in der persischen Landessprache.

Bald brachte ich es dahin, daß ich mit Verstand reden konnte, und wunderte mich bei der Gelegenheit oft über meine eigenen Einfälle; was mir nachher noch oft begegnet ist.

Der König hatte von mir schon längst erfahren (ohne daß ich es wußte), welcherlei Kunststücke ich in meiner Gewalt besäße; ich wurde daher überaus köstlich gehalten. Man pflegte mich, man gab mir die größten Delikatessen zu essen, die schönsten Weine zu trinken, Geld obenein und Hochachtung, in Summa, ich führte ein Leben, wie im Paradiese; denn ich hatte nichts weiter dabei zu tun, als daß ich mich manchmal ein Bischen verwandelte. Nun hatte ich es doch durchgesetzt, was ich mir von Kindesgebeinen an vorgenommen hatte.

O Ihr Sterblichen! ermüdet nur nicht zu früh in Euren Bestrebungen, und bleibt auf halbem Wege stehn, so muß es Euch jederzeit gelingen; denn die Tugend dringt doch immer hindurch.

23.

Der König in Persien liebte die Vögel besonders, und ich ließ es mir daher angelegen sein, mich oft als einen solchen zu präsentieren. An einem Tage befahl er mir, einen großen persischen Vogel zu repräsentieren, den ich bis dahin noch niemals gesehen hatte; indessen tat mir das fast gar nichts zur Sache; ich machte es, und sah ungemein schön aus. Der König fragte mich darauf, wie man dieses Tier in meinem Vaterlande tituliere? ich sagte hierauf: daß es nichts anders als ein Nußknacker oder Nußbeißer wäre. Womit er denn auch zufrieden war.

24.

Dieser König liebte die Künste aus der Maßen, er zog alle geschickten Leute an seinen Hof; aber einen so wunderbaren Menschen, wie ich war, hatte er noch nie gesehn. Wußte mich darum auch nach Würden zu schätzen und zu belohnen, maßen ich in meinem Hofdienste ansehnlich dick wurde, daß auch selbst die gemeinen Lakeien einen Respekt vor mir hatten. Solche Konstitution hatte mir immer gewünscht, und mich bei meinem ehemaligen Handwerk am meisten über die Dünnigkeit geärgert; nun aber war ich ordentlich ein Mann von Stande.

Der König ließ den benachbarten Kaiser zu sich invitieren, und schrieb ihm, daß er einen gar wunderbaren Menschen und Künstler an seinem Hofe habe, der ihm tausend Ergötzlichkeiten verschaffen würde. Ich hatte dafür gesorgt, daß ich mir eine große blecherne Büchse hatte machen lassen, womit ich immer herumging, wenn ich ein Kunststück gemacht hatte. Erwartete also den türkischen Kaiser mit vielem Wohlgefallen.

25.

Dieser türkische Kaiser kam nun wirklich an, und der König nahm sich vor, ihm ganz außerordentliche Ehren zu erzeigen. Verließ sich dabei vorzüglich auf meine raren Kunststücke.

Auf den allergnädigsten Befehl meines Königs mußten Trompeter und Pauker dem Kaiser entgegenziehn, und so wie er herankam, wurde die kompletteste Janitscharenmusik ausgemacht; dann wurden zugleich alle Kanonen abgefeuert, und als der König das hörte, rief er mir zu: Nun, Tonerl, halt' Dich in's Himmels Namen fertig! Ich merkte mir diese Worte sehr gut und brauchte eben nicht viele Anstalten zu treffen.

26.

Der Kaiser kam an und mein König hatte ihn unter'm Arm, um ihn gleich nach dem Speisesaal zu führen. So wie der Kaiser die Tür aufmachte, lag ich als ein ungeheurer Drache dahinter und spuckte ihm, jedoch manierlich, ein Bischen Feuer entgegen. Der Kaiser trat zurück und wurde ganz blaß vor Entsetzen, was meinem Könige sehr lieb war, daß er ihm so eine heimliche Freude hatte veranstalten können; er sagte hierauf: Geruhen Ew. kaiserliche Majestät nur dreist voranzugehen, dieser Drache tut Niemandem etwas, der ihm eine kleine Verehrung gibt. Der Kaiser suchte in der größten Angst seine Geldbörse hervor; ich stellte mich sogleich höflich auf meine zwei Hinterbeine und hielt ihm mit vieler zierlichen Reverenz meine Büchse entgegen; er warf wirklich die Börse hinein, worüber eine große Freude empfand; glaube, er hat es in der Angst getan; denn ich hatte nur auf ein Paar Goldstücke gerechnet.

Die Majestäten setzten sich zu Tische und ich blieb als Drache immer noch vor der Türe liegen. Es wurde prächtig gespeist; denn der persische König hatte bei dieser feierlichen Gelegenheit kein Geld angesehen, wollte auch nicht am türkischen Hofe von sich sagen lassen, daß er geizig sei. Ich leckte mir als Drache oft das Maul, von wegen den delikaten Gerichten, die aufgetragen wurden, worüber die beiden Majestäten inständigst zu lachen geruhten. Ich dachte immer: Lacht nur über mich, müßt Ihr mir doch jedes Lachen bezahlen.

27.

Bei Tische sagte der Türke: Aber Ihro Majestät haben mir von einem wunderlichen, raren Menschen geschrieben, der sich an Ihrem Hofe aufhielte; wo ist derselbe? Der König wies darauf lachend nach mir hin, und sagte: Da liegt er vor der Tür, Ihnen aufzuwarten, als Drache. Worauf mich sogleich zum Menschen verwandelte, und dem Kaiser die Hand küßte. Es gelang mir auch trefflich; denn ich wurde sogleich an die delikate Tafel gezogen, und ließ es mir trefflich wohlschmecken. Der Türke konnte in seiner Verwunderung über mich kein Ende finden. Als der König ihm aber gar sagte, daß dieses Kunststück mit dem Drachen nicht mein einziges sei, sondern daß ich mich in jedes beliebige Tier verwandeln könne, schlug er gar die Hände über seinem Turban zusammen, wie den die Türken gewöhnlich zu tragen pflegen. Verwandelte mich auch auf Befehl sogleich in einen Wolf, wieder in mich; dann in einen kostbaren Vogel, dessen Federn wie Gold und Edelgestein in der Sonne glänzten, setzte mich auf die Tafel und sang ein liebliches Lied, zur ergötzlichen Verwunderung aller Anwesenden.

28.

Ich mußte in dieser Zeit trefflich mit meinen Kunsttalenten herhalten, und war des Abends wacker müde, weil ich im Tierreich so viel zu tun hatte. Die hohen Majestäten stellten sich zuweilen mit der Naturgeschichte vor mir hin, und lasen die Beschreibung eines jeden Tiers, wobei ich denn als Exemplar vor ihnen stehen mußte. Der Türke fand ein so großes Gefallen an meiner Wenigkeit, daß er mich meinem Könige für eine Menge türkischer Kleinodien abkaufen wollte; doch dieser sagte: Mein Herr Bruder, dieser rare Mensch ist meine einzige Ergötzlichkeit in meinen müßigen Stunden; auch gehört er mir gar nicht zu, sondern er ist völlig sein eigner Herr; er ist aus der Luft plötzlich herunter gekommen, so daß ich nur Gott danken muß, wenn es ihm noch länger wohlgefällig ist, an meinem geringen Hofe vorlieb zu nehmen.

Dermaßen war mir bis dahin noch niemals geschmeichelt worden; ich glaubte in meinem Sinn, der alleroberste und fürnehmste Künstler in der ganzen Welt zu sein. Ich blies das Gesicht auf und erwiederte: es gefalle mir noch an diesem Hofe und gedenke also für's Erste noch dorten zu verbleiben; worüber mir mein König die Hand drückte, dem Türken aber die Tränen in die Augen kamen; so lieb hatte er mich gewonnen. Reiste auch bald nachher ab, nachdem er mir eine ansehnliche Verehrung zurückgelassen hatte.

29.

Ich war immer noch in meiner vollen Herrlichkeit, als sich am Hofe ein fremder Künstler anmelden ließ. Er gab vor, er komme aus

Arabien und habe einen sehr kostbaren arabischen Stein bei sich, mit dem er alle möglichen wilden Tiere so bannen könne, daß sie sich nicht aus der Stelle zu rühren vermöchten.

Es war mir ungelegen, daß mir Einer am Hofe in die Quere kommen sollte, und ich lachte also nur darüber und gedachte, der andere Virtuose solle keine Gewalt über mich haben, da ich mich nur in die Tiere verstellte. Ward aber leider bald das Gegenteil inne. Denn der König war voller Freude, daß sich ein Künstler von ganz andrer Sorte an seinem Hofe hatte melden lassen, befahl uns Beiden sogleich, unsre Künste zu probieren. Um meiner Sache gewiß zu sein, machte ich mich zu einem polnischen Ochsen, in der Meinung, den Künstler auf die Hörner zu nehmen und ihn in der Stube herumzutragen, daß seine Kunst zu Schanden würde. Der wischte aber mit seinem Steine hervor, und bannte mich von Stund' an so fest, daß ich mich nicht von der Stelle rühren konnte.

30.

Ich war sehr böse, daß der Stein so viele Gewalt über mich hatte. Der König rief endlich: Ihr Künstler, von einander! Sogleich nahm er den Bannstein zurück, und nun war ich erst meiner Glieder wieder mächtig.

Ich machte dem Könige recht schiefe Gesichter, und hätte den Fremden gern umbringen mögen; denn ich merkte, daß ihm der König schon mehr zugetan war, als mir selber. Der König sagte: Künstler! ich will Euch Beide an meinem Hofe behalten, mit einem gleichen Gehalte, aber keiner muß dem andern zuwider sein, sondern Ihr müßt nur immer fleißig dahin trachten, wie Ihr mir die Zeit vertreiben wollt. Das ist Euer Hauptaugenmerk, und darum laßt nur allen Neid und Zwiespalt, denn das ist mir zuwider.

Wir versprachen es dem Könige und ergötzten ihn auch wirklich unverdrossen.

31.

Es war nun an dem, daß der König ein großes und kostbares Fest geben wollte, wozu alle Minister und auch die fremden Gesandten eingeladen wurden. Uns Beiden war vorher aufgegeben, die Fremden vollkommen zu erlustieren, wenn sie erschienen wären. Wir taten es aus allen Kräften, und als die Tafel aufgehoben war, verfügten sich alle in den herrlichen Schloßgarten. Auch hier verwandelte ich mich in unterschiedliche Tiere und wurde dann gebannt; auch wurde ich zu einem schönen Pudel, auf dem der Zauberer herumritt. Alle Menschen gestanden, daß sie noch nie dergleichen gesehn hätten.

Unter andern Denkwürdigkeiten machte ich mich zum Adler und nahm dem obersten Staatsminister die Perücke vom Kopf, mit der ich in der Luft auf eine artliche Weise spielte, sie mir auch selber auf meinen Adlerskopf setzte, und so hin und her flog, worüber ein lautes allgemeines Lachen entstanden, so, daß sich der König, so wie die Übrigen, gewiß rechtschaffen von ihren Regierungsgeschäften erholten.

32.

An dem Tage löste aus meiner Kunst sehr vieles Geld; denn ich sprach den Herren mit meiner Büchse gar fleißig zu. Der Zauberer wurde darüber neidisch und eifersüchtig, was ich aber nicht gleich gewahr wurde.

Verwandelte mich in aller Unschuld in ein wildes Schwein, um die Hoflustbarkeiten fortzusetzen; der neidische Künstler bannte mich, wie immer geschehen war, nahm aber zum Überfluß einen derben Knittel, womit er dermaßen auf mich zuschlug, daß ich fast alle Besinnung verlor.

Lag noch in Ohnmacht und hörte, wie der ganze Hof über mich lachte. Die Wahrheit geht mir nur über Alles, sonst würde dergleichen Abenteuer lieber verheimlichen. Der König insonderheit wollte sich vor Lachen beinahe ausschütten; kurz, es war keiner, der an meinem Unglücke nicht eine innige Ergötzlichkeit genossen hätte.

Ich sähe, daß der Fremde dadurch noch beliebter ward, wurde augenblicklich dadurch und durch die empfangenen Prügel disgustiert, verwandelte mich in eine Fliege und flog nach dem türkischen Hof, wo der Kaiser meines Umgangs so gern hatte teilhaftig werden wollen.

33.

Des türkischen Kaisers Freude läßt sich durchaus nicht beschreiben, als er hörte, daß ich mich nun an seinem Hofe aufhalten wollte.

Er fiel mir um den Hals, und kreuzigte und segnete sich vor lauter Entzücken. Mir war es lieb, daß er von meiner Person so viel hielt.

Er schenkte mir sogleich eine Equipage, damit ich beständig um ihn sein könnte, ohne so viel zu Fuß zu laufen. Da es so weit gekommen war, mußte ich ihn in meinem Wagen auf seinen Spazierfahrten, Reisen und Jagden begleiten, damit ich ihn gleich erlustigen könnte, sobald es ihm nur in den Sinn käme. Ich war mit allen diesen Einrichtungen sehr zufrieden.

Nach einiger Zeit wurde beschlossen, eine große Jagd einzurichten, zu der ich ebenfalls eingeladen wurde. Unterwegs vexierte ich die Bedienten auf eine ziemlich sinnreiche Art, indem ich mich bald in einen Vogel, bald in ein wildes Tier verkleidete, und sie so erschreckte.

Auf der Jagd selbst hatte kein sonderliches Glück, welches daher kam, daß ich mit meinem Gewehre immer weit daneben schoß, worüber auch viele Sticheleien von den Bedienten aushalten mußte. Dies ging mir durch die Seele, weil von jeher auf meine Ehre gehalten habe. Der Kaiser verlangte, ich sollte mich als Mensch davon machen und lieber als ein Tier erscheinen, weil er mich so lieber leiden mochte. Gehorsamte auch augenblicklich, und lief als ein Bär im Walde unter den übrigen Tieren herum.

Meine Bereitwilligkeit hätte beinahe zu meinem größten Unglücke ausschlagen können; denn ein Bedienter, der mir nicht sonderlich gewogen war, zielte nach mir, und ich hörte die Kugel dicht vor meinen Ohren vorbei sausen. Das war ein Schreck!

War auch nicht faul, sondern ging gleich in meiner eigenen Person zum Kaiser und klagte ihm diese Niederträchtigkeit. Er war erschrecklich ungehalten; der Bediente gab vor, er hätte gar nicht nach mir geschossen, es sei unbekannterweise geschehn, und es sei nur einem veritablen Bären zugedacht gewesen. Mußte mich mit dieser kahlen Ausflucht zufrieden stellen, weil es ihm nicht beweisen konnte.

Seitdem wurde etwas bange, mich zu verändern. Der Kaiser befahl aber, daß niemand von seinen Bedienten schießen sollte, er wollte es allein verrichten; sollte sich auch Keiner unterstehn, nur geladen Gewehr zu führen. Worauf mir wieder etwas ein Herz faßte.

34.

Ich machte mich nun zu einem Wolf und spazierte so in den grünen Wald hinein. Es war in der Tat ein angenehmes Wetter, und von jeher bin für schöne Natur empfindlich gewesen. Dachte aber auch daran, nicht bloß so müßig herum zu laufen, sondern Nutzen zu stiften; trieb also alle erschreckten Tiere im Walde meinem gnädigsten Kaiser entgegen, daß er sie desto besser schießen konnte. Die Aufmerksamkeit wurde gut vermerkt und so der ganze Tag zugebracht.

Auf dem Rückwege neckte die Bedienten wieder in unterschiedlichen Gestalten, weshalb mir auch fast alle ziemlich aufsäßig wurden. Doch macht sich ein Mann meinesgleichen niemals etwas daraus, was dergleichen gemeine Bedienten von ihm denken mögen.

35.

Es ist eine Einrichtung des Schicksals, daß die größte Herrlichkeit des Menschen niemalen allzu lange dauert; und das war auch leider mit mir der Fall. War so hübsch dick geworden und mußte bald wieder um so Vieles rückwärts kommen.

Der Kaiser gab allen seinen Bedienten, worunter ich mich diesmal auch mit zählen ließ, einen großen Schmaus. Da war an Wein und allen Eßwaren ein großer Überfluß. Wir ließen es uns Alle herrlich schmecken, sonderlich ich, der ich mich in dieser Gesellschaft für den Vornehmsten hielt. Es kam bald dahin, daß so gut, wie besoffen war, worauf mich denn so gemein machte, unter diesen schlechten Bedienten mit meiner Wurzel allerhand Kunststücke anzustellen. Hätte es dazumal wohl schon überdrüßig sein können.

Die Canaillen merkten sich die Wurzel und als ich nachher in einen tiefen Schlaf verfiel (hatte kaum noch so viel Besinnung, mich wieder zum Menschen zu machen), nahm mir einer von diesen Schurken die Wurzel heimlich weg und warf sie in's Wasser. Liefen darauf nach Hause und ließen mich im Wirtshause schlafen.

36.

Ich erwachte erst am folgenden Mittag und erschrak, daß es schon so spät sei, und daß ich meinen Kaiser in so langer Zeit nicht gesehen hatte. Ich ging nun sogleich an den Hof.

Man saß schon bei der Tafel und der Kaiser hatte schon viele Künste von mir wollen machen lassen, deshalb war er ungehalten, als ich so spät erschien: Ich sollte gleich ein Pferd werden, und war auch willig und bereit dazu; aber ich mochte mich abarbeiten, wie ich wollte, es half nichts, ich blieb immer nur ein Mensch. Erst sah ich mich an, dachte, wäre noch besoffen; da ich aber an meinen Füßen deutlich die Schnallen sah, blieb mir kein Zweifel übrig. Quälte mich von Neuem, aber es wollte durchaus nichts aus mir werden.

Ich suchte in der Tasche, und nun merkte ich, daß mir die Wurzel fehlte. O wie fing ich an zu heulen und zu schreien! Der Kaiser glaubte erst, das sollte eine Kunst vorstellen, und sagte: es wäre gut, ich sollte mich nun aber auch sputen und ein Pferd werden. Worauf ihm denn mein Anliegen entdeckte, daß mir meine Wurzel gestohlen wäre, und fing von Neuem an zu heulen. Nun aber erschrak er und wurde ungehalten. Ich wußte nicht, wo mir der Kopf stand, da ich nicht zum Tier werden konnte.

Einer am Hofe, der mich immer mit Neid angesehn hatte, sagte: meine ganze Kunst sei gewiß nur eitel Blendwerk gewesen und das mit der Wurzel ein leeres Vorgeben. Meine Zeit sei nun aus und ich könne darum nichts mehr machen.

Der Kaiser glaubte, was der Esel sagte, und wurde sehr ergrimmt über mich, daß ich mich bisher unterstanden hätte, ihm einen blauen Dunst vorzumachen, und daß nichts hinter mir sei. Er sagte mir also ohne Weiteres, ich möchte mich aus seinem Schlosse fortscheren und ihm nie wieder unter die Augen kommen. Mit welchen Worten er fortging.

Die Bedienten warfen mich lachend zur Tür hinaus; der Türhüter ergriff sogar die Peitsche, womit er mir meinen Abschied gab, und so gelangte ich Unglückseliger aus der Türkei, die ich mit keinem Auge wieder zu sehen wünschte.

Zweiter Abschnitt

1.

So war mein großes Glück zu Schanden geworden und alles verloren. Ich konnte mich lange nicht darein finden, als ich so unverhoffterweise aus der Türkei war verbannt worden. Oft glaubte ich, wenn ich Seelenerfahrungskunde überlegte, alle diese Übernatürlichkeiten wären nur ein natürlicher Traum gewesen, und gewiß ist die Natur an tausend Dingen reich, die ganz natürlich sind, und bei denen dem Beobachter doch der Verstand stille steht. So überlegte ich es nun mit der Wurzel hin und her, und ihre wunderbare Kraft und Tugend kam mir manchmal sogar possierlich vor. Ich verfiel oft auf den Idealismus und stellte mir vor, alle diese Wirklichkeit sei nur meine überaus närrische Einbildung; denn ich habe seitdem in Büchern gelesen, daß es wirklich Leute gegeben hat, die ganz allein für sich in der Welt existiert haben, und um die sich alles Übrige in der Welt nur so gleichsam in ihrer Einbildungskraft bewegt hat. Verfiel dazumal in diese gefährliche Irrlehre, und meinte, ich könnte vielleicht zu dieser sonderbaren Sekte gehören. Wenn ich denn aber wieder die Bäume um mich her ansah und meinen hungrigen Magen fühlte, so sah ich wohl ein, daß ich Unrecht haben müsse.

2.

Wanderte nun wieder auf gut Glück umher, und hatte dazumal alle Lust zum Arbeiten verloren. Das kommt leicht, besonders wenn man sich, wie mir geschehn war, durch das Künstlerleben verwöhnt hat; so hatte ich mich auch in die Kunst vernarrt, und darum kam mir mein Handwerk als was Gemeines vor. Es kam so weit mit mir, daß mich geradezu auf's Betteln legen mußte, um nur meinen Lebensunterhalt zu finden. Hatte bei dieser Gelegenheit mancherlei Schwierigkeiten zu überstehn.

So war ich bis nach Sibirien gekommen, wo es recht kalt ist. Hier ward mir das Betteln zuwider, weil die Leute in den Gegenden sehr grob sind. Ich meldete mich also wieder bei den Schneidermeistern, in der Absicht, mein Handwerk fortzusetzen; aber keiner von allen wollte mir Arbeit geben. Daneben erfuhr ich (wie ich es auch wirklich sah), daß man in diesen Gegenden viele Pelze trug, die ich nicht zu nähen verstand. Es geschah der Kälte wegen. So kam ich in immer größre Not. Dazu kam noch, daß man um die Zeit, von wegen eines Krieges, viele Soldaten aushob, so daß auch fürchtete, Rekrut werden zu müssen, wogegen von meiner Geburt an eine große Furcht getragen. Wußte also unter diesen Umständen nicht aus noch ein.

3.

So lief immer weiter in Sibirien hinein, und fiel endlich gar auf den Entschluß, desperat zu werden. Doch besann mich noch ein Weilchen, und nahm mir vor, das zu meiner letzten Zuflucht aufzuheben. Wohl tausendmal zog ich Wurzeln aus und probierte daran, mich zu verwandeln; aber immer vergebens.

Ich kam eines Abends an ein Wirtshaus und war schon so müde, so daß ich unmöglich weiter gehn konnte. Ich meldete mich bei'm Wirte, da ich aber vielleicht dermalen etwas Unansehnliches in meinem äußern Ansehn hatte, so wollte er mich nicht aufnehmen, weil er sagte, daß sein ganzes Haus schon mit Gästen besetzt sei. Ich hörte auch, wie sie lustig waren und mit den Kannen lärmten, welches mir einen doppelten Trieb verursachte, hier einzukehren. Der Wirt war anfangs gar nicht gut auf mich zu sprechen, so daß er so weit ging, mir die Tür vor der Nase zuzuwerfen, worüber mich erzürnte, und in meinen Bitten noch dringender fortfuhr.

Er ließ sich endlich erweichen, daß er mir eine Stelle auf der Ofenbank gönnen wollte, um dort in der Nacht auszuruhn. Ich ließ mir den Vorschlag gefallen und folgte ihm in die Stube, wo mich an Branntwein und Bier dermaßen erlabte, daß ich nun in den Wirt drang, mir doch ein Bett zu verschaffen, weil ich auf meiner Wanderschaft seit lange dergleichen Bequemlichkeiten habe entbehren müssen. Hieß mich einen groben Esel nach dem andern, der nimmermehr zufrieden sei, und hatte bei aller seiner Grobheit gewissermaßen Recht. Ich suchte einen andern Diskurs auf, und brachte auf's Tapet, daß ich schon der Favorit eines Königs und Kaisers gewesen sei, wodurch ich den Wirt in ein ziemliches Erstaunen versetzte, so daß er meiner Rede mit großer Begierde zuhörte.

Er fing nunmehr an, andre Saiten aufzuziehn, und gestand, daß er noch ein Bett übrig habe, könne es aber keinem honetten Menschen anbieten, weil die Kammer, worin es stehe, von einem Gespenste, in Gestalt einer Katze beunruhigt wäre. Sagte darauf, ich wollte mit dem Gespenste schon fertig werden, wenn er mir nur das Bett wolle zukommen lassen; sei selbst oft eine Katze gewesen und wisse also ein Wörtchen darüber mitzusprechen; dürfe mich also nicht fürchten. Eine Katze sei ein notwendiges, gutes Haustier, und dergleichen wunderliche und witzige Einfälle mehr, weil ich dachte, der Wirt sage dergleichen nur, um mir bange zu machen. Da der Wirt meinen großen Mut sah, brachte er mich auf die verdächtige Kammer.

4.

War im Grunde so dreist, weil ich fest überzeugt war, es sei kein Ernst mit dem Gespenste; denn sonst hatte immer vor Gespenstern große Furcht; aber ich dachte, er wolle mir das Bett nicht in Ruhe gönnen.

Nun war ich allein und dachte an die Worte des Wirts, und da es in der Kammer wüst und unordentlich aussah, auch Nacht war, und niemand weiter zugegen, so fing schon an, mich meine freche Redensart gereuen zu lassen. Überdachte dann wieder, daß doch Aufklärung in der Welt sei, die Gespenster abgeschafft und dergleichen. War überhaupt nur für das Mittelalter die Einrichtung mit dem Aberglauben, um die rohen, einfältigen Leute zu lenken, und unser Zeitalter ist nun darüber weg. Habe auch jetzt in meinem Kaisertum eigene Leute angestellt, die täglich gegen den Aberglauben predigen müssen und Bücher dagegen drucken (ein mühsames Geschäft), um nur die lieben Untertanen nicht gar in der angeborenen Dummheit verwildern zu lassen.

Alles das wurde mir aber dazumal gar übel versalzen.

5.

Ich war noch immer allein auf meiner Stube und ließ sich kein Gespenst, vielweniger eine Katze, hören oder sehn. Darüber wurde mir immer mehr bange, und beschloß endlich, zu Bett zu gehn. Richtete diesen Vorsatz auch in's Werk, nachdem vorher gebetet und gesungen hatte. Ich schlief auch wirklich bald ein und schlief recht gut. Außer, daß ich nach einiger Zeit wieder aufwachte und vor meiner Tür ein Gerassel, wie mit Ketten, vernahm. Gedachte anfangs, es möchte wohl die oft erwähnte Katze sein; doch beruhigte mich wieder, indem mir vorstellte, daß mir der Wirt oder seine Magd ohne Zweifel nur einen Schrecken veranstalten wollten. Beruhigte mich damit und schlief wieder ein; denn ich konnte, wie schon gesagt, an Gespenster durchaus nicht glauben.

Schlief wieder ein, da hörte ich die Kammertür ganz deutlich aufmachen; natürlich wachte ich auf, um nachzusehn, wer da sein könnte. Das war gut. Es war aber Niemand da; denn ich konnte mich ganz deutlich und genau umsehn, weil der Mond in der Nacht sehr hell schien. Nun kam mir das Grauen von Neuem an, und ich glaube, daß dergleichen Umstände jedermann bedenklich scheinen würden, vollends wenn man schon vorher von einem Gespenst hat reden hören. Indem ich noch so nachdachte, kam wirklich eine große schwarze Katze zum Vorschein, die sich mit allerhand wunderlichen Gebärden in der Stube auf und ab trieb; aber sonst nichts von Bedeutung vornahm.

Ich wollte mich von dergleichen Zeremonien nicht länger beunruhigen lassen, weil gern schlafen wollte, mir auch Gespenster außerdem zuwider, ich nun auch noch vollends dachte, es sei nichts weiter, als eine pur natürliche Katze. Derohalben machte keine großen Komplimente, sondern griff ohne weiteres zu meinem Stocke und damit über die Katze her. Weil ich glaubte, der Wirt habe sie etwa mir zum Possen in die Kammer gesetzt.

Ich mochte dieselbe Katze ohngefähr ein Vater Unser lang geprügelt haben, als sie sich unvermuteter Weise auf die Hinterbeine stellte, und alsdann die steile Wand hinaufkletterte. War mir dessen nicht versehn, ob ich gleich selbst als Katze sonst dergleichen Kunststücke gemacht hatte; denn bei den Krallen, die eine Katze in den Beinen hat, ist dergleichen eben nichts Unnatürliches. Was nun aber geschah, hatte ich niemals machen können. Ohne Umstände eröffnete sich nämlich mit großem Krachen die Decke der Stube, und mit einem fürchterlichen Brausen fuhr die Katze hindurch.

Ich stand lange und wußte nicht, was ich denken sollte; da aber die Stube wieder ordentlich zu war, wie vorhin, so legte mich wieder nieder und schlief weiter.

6.

Es war beschieden, daß ich in dieser Nacht noch einmal aufwachen sollte; denn nach einer Stunde ohngefähr, ließ sich derselbe Lärmen von neuem spüren. Ich ließ mich sogleich munter werden, und siehe, es war niemand anders wieder da, als die obenbemeldete schwarze Katze. War böse, daß immer so im Schlafe turbiert sein sollte; aber da half kein Sauersehn, denn die Katze fragte nichts darnach, sondern machte im Gegenteil ein erschreckliches Gerassel und Geprassel, so daß man hätte denken können, die Welt solle einfallen.

Als ich so in den größten Ängsten lag, sagte die Katze mit vernehmlicher Stimme: Fürchte Dich nicht, mein Freund. – Als ich nun gar diese Katze mit einer menschlichen Stimme reden hörte, kroch ich vor Angst unter die Decke des Betts und hielt mir mit Gewalt Augen und Ohren zu. Aber die Katze sagte noch einmal: Fürchte Dich nicht, wertgeschätzter Freund! worauf alsbald erwiederte: Da mag sich der Teufel nicht fürchten! geh, ich will mit Dir nichts zu tun haben.

Ermannte mich doch und dachte innerlich, hinter der Katze möchte vielleicht ein Künstler stecken, der eine wunderbare Wurzel, wie die meinige gewesen, in seiner Gewalt besitze, fragte also ohne Umstände: Wenn Sie, wertgeschätzter Herr Freund, ein Künstler sind, so geben Sie sich nur augenblicklich zu erkennen; denn ich habe mich ehemals wohl auch von der Kunst ernährt; ein Kamerad darf dem andern kein Leids zufügen; sondern wollte im Gegenteil gebeten haben, mir lieber ein Stückchen Ihrer Wurzel zukommen zu lassen, damit wieder mein altes Handwerk zu treiben im Stande bin, weil mir bis Dato nicht der gute Wille zur Arbeit mangelt, sondern es mir nur am Handwerkszeuge gebricht, als welches einmal verloren hatte, da außer der Maßen besoffen war.

Die Katze machte große Augen, als dergleichen Rede führte. Was fabelst Du, sagte sie, von einer Wurzel? Ich bin kein Künstler, sondern im Gegenteil ein höchst unglückseliges Gespenst, das nach Erlösung schmachtet, die ich auf keine andre Art, als durch Deine Hülfe zu erlangen weiß. Bist Du aber ein Künstler, so ist das desto besser für Dich; glücklich ist der Mensch, das weiß ich nun aus Erfahrung, der nicht als eine Katze umzugehen nötig hat.

Habe immer bemerkt, daß kein Mensch recht mit seinem Stande zufrieden ist, und diese Erfahrung bestätigte sich auch hier. Trachtete überhaupt von jeher dahin, auf meinen Reisen meine Menschenkenntnis zu vermehren, und wenn man so reist, sind Reisen einem jungen Menschen überaus nützlich.

Ich mochte übrigens mit dem Erlösen nichts zu tun haben, und sagte es auch der Katze gerade heraus, daß das meines Amts nicht sei, daß ich Niemand in sein Handwerk pfuschen wolle, und dergleichen mehr. Sei ein Mensch, der sich von Jugend auf nicht auf dergleichen appliziert habe und könne in der Unwissenheit vielleicht Übel nur ärger machen.

Die Katze, da sie hörte, daß ich ihr ihre Bitte geradezu abschlug, stellte sich erbärmlich an und heulte und maute dermaßen, daß es einen Stein in der Erde hätte erbarmen mögen, wurde also ebenfalls gerührt, und beteuerte, daß ich gerne dienen wollte, wenn es mir nur möglich sei. Die Katze sagte hierauf, ich möchte ihr nur vertrauen, so wolle sie mich glücklich machen: sie wolle mir nämlich einen Schatz gönnen. Bedankte mich gar höflich für die gütige Gesinnung, und nahm die Nachtmütze ab, ihr mein schuldiges Kompliment zu machen, wobei mich aber so verlauten ließ: Ja, traue doch der Henker irgend einem Eures Gelichters, ich weiß wohl, wie es oft mit dem Schätzeheben zugeht. Erstens, ist oft gar nichts dahinter, und ich habe manche saubere Geschichte von den Betrügereien der Schatzgräber gehört; zweitens, bricht Eures Gleichen gern die Hälse, wenn auch Schätze da sind; denn ich weiß, das ist Eure Passion; drittens, habe ich Sie, wertgeschätzteste Katze, vollends mit dem Knüttel heimgesucht, weil ich Ihren Stand als Gespenst nicht wußte, und dadurch ein grobes Versehn gegen die Etikette und gute Lebensart begangen, was Sie mir gewiß wieder eintränken werden. Tut mir also leid, daß ich nicht die Ehre haben kann, den Schatz zu heben, oder Ihre Erlösung zu bewerkstelligen.

Da die Katze merkte, daß sie mit trocknem Maule wieder würde abziehen müssen, fing sie auf die kläglichste Art an zu winseln und sich auf bewegliche Bitten zu legen. Sie versicherte mir, daß sie ein Gespenst sei, das Ehre im Leibe habe und keine Lücke oder Bosheit hinter den Ohren; sei ihr auch mit Halsbrechen gar nicht gedient, sondern wünsche im Gegenteil nichts so sehr, als mir nützlich sein zu können, habe mir auch die Prügel vergeben, und wünschte nur, als eine arme Seele im Grabe Ruhe zu haben und dergleichen; denn Irregehn sei ihre Sache nicht, habe immer ein stilles, einfaches und häusliches Leben geliebt, sich zwar immer die Fortdauer nach dem Tode gewünscht, aber nicht gerade als Katze. Und was dergleichen Rednerkünste mehr waren, die sie vorbrachte, um mich zu bewegen.

Traute ihr immer noch nicht, weil ich weiß, daß Katzen falsche Tiere sind, und machte ihr diesen meinen Einwurf. Sie war aber gleich mit Antworten fertig und bat inständigst, ich möchte mich nicht an ihr Äußeres stoßen; denn das sei nur Nebensache, sie sei eigentlich ihrem wahren Stande und Herkommen nach, eine unglückliche Menschenseele, die mit einem Schatze zusammenhänge und nur zur Ruhe komme, wenn dieser fatale Schatz durch mich gehoben würde. Ich solle mich auf ihr Wort verlassen, daß mir kein Leids geschehn würde.

Ich hatte vor, mit Schwatzen so lange die Zeit zuzubringen, bis in der Nähe ein Hahn krähte, oder der Morgen anbreche, weil ich alsdenn vor dem Gespenste sicher war. Bat also, man möchte mir seine Geschichte erzählen, wie dergleichen gebräuchlich sei, und mir sagen, wie man dazu gekommen sei, im Tode keine Ruhe zu haben, und dergleichen. Die Katze, die aber wohl meine hinterlistige Absicht merken mochte, fing bitterlich an zu weinen und beschwur mich von Neuem, wobei sie zu Beteuerung ihrer Unschuld die Hand auf die Brust legte, in Summa, sich so kläglich gebärdete, daß ich zum Gespenste mehr Zutrauen faßte.

Verlangte also, sie möchte mir nur einen Wechsel ausstellen für meinen Hals, damit ich's doch Schwarz auf Weiß habe, daß sie mir nichts tun wolle, und daß sich bei der Hebung des Schatzes keine höllischen Heerscharen drein mengen dürften; ich sei nicht für mich selber besorgt, sondern es schiene mir auch des Halses wegen notwendig, dergleichen Präkaution zu gebrauchen.

Hierauf machte die Katze einen hohen Buckel und fragte erbost: ob ich sie etwa gar zum Narren habe; wenn ich sie erlösen wolle, so solle ich sie erlösen, besonders da es ein so leichtes Stück Arbeit sei, sonst wolle sie den großen Schatz einem Andern zuwenden. Es sei weder Papier, noch Feder oder Dinte in der Kammer, und es mache viele Umstände, den Wirt erst zu wecken. Gebe mir außerdem ihr Wort, daß mir nichts geschehn solle; ich müsse wohl noch wenig mit Gespenstern umgegangen sein, oder an wahre Galgenstricke geraten, daß ich ihnen nicht mehr Rechtschaffenheit zutraue; sei schon genug, daß Menschen Spitzbuben wären, brauchte dergleichen nicht auch in der Geisterwelt einzureißen; der Satan mit seinen Scharen habe mit ihr durchaus nichts zu schaffen, sie führe ein Privatleben und wäre im Grunde selig, das bischen Umgehen abgerechnet. Sie wolle mir die Hand daraufgeben, daß mir nichts geschehn solle. Mit Erzählen könne sie sich durchaus nicht abgeben.

Ich ließ mir die Hand geben und dachte immer, die unglückselige Person würde kratzen; aber sie behielt die Krallen inwendig, worauf mich denn in der Eile anzog und wirklich mitging.

7.

Wir gingen Beide über den Hof, die Katze voran, weil ich den Weg nach dem Schatze nicht wußte. Hinter dem Pferdestall mußte eine Axt aufheben und damit die Schwelle des Stalles loshauen. Es dauerte nicht lange, so kamen Funken von den wiederholten Schlägen, worauf denn immer mutig fortfuhr.

Nach einiger Zeit kam ein eherner, großer Topf zum Vorschein, voll schöner, blanker Dukaten. Die Katze sagte, sie sei nunmehr erlöst, gab mir ein zusammengelegtes Papier, und befahl mir, es ja nicht zu öffnen, weil sonst mein Glück sogleich wieder verschwinden würde. Darauf begab ich mich mit meinem Schatze hinweg, und hinter mir geschah ein so heftiger Donnerschlag, daß ich voller Schrecken zur Erden fiel, dabei aber den Geldtopf in beiden Armen eingeklammert hielt. Kam glücklich damit in meine Kammer zurück, worauf mir denn alle Taschen voll Dukaten steckte, den Topf selbst aber im Bette verbarg. Am Morgen bezahlte ich meine Zeche und ging von dannen.

8.

Ich lebte nun auf eine prächtige Art; denn mein Geld belief sich auf viele tausend Taler, so, daß ich nun von aller Not gerettet war, auch mein Handwerk nicht wieder hervorzusuchen brauchte. War also immer gutes Muts und verzehrte nach Herzenslust. Wie mir denn überhaupt von je an ungern etwas habe abgehen lassen, weil man sich doch immer der Nächste ist.

Quälte mich nun nichts weiter, als die Neugier, was wohl in dem Papiere stecken möchte. Es fühlte sich hart an, was darinnen war. Ich hatte aber doch nicht das Herz, es aufzumachen, weil mir die Drohung des Geistes immer noch im Sinne lag, sah mich also genötigt, anderweitig mit Essen und Trinken mein Gemüt zu zerstreuen. In allen Widerwärtigkeiten des Lebens habe in den mancherlei Eßwaren von jeher einen zuverlässigen Trost angetroffen, und die große Güte und Weisheit des Schöpfers immer bewundert. Wie es denn wohl gewiß ist, daß ein gütiges Wesen über uns waltet, das uns auf unsern Wegen, wenn sie auch manchmal etwas wunderlich laufen, der Glückseligkeit entgegen führen will.

Die Neugier ist ein großes Übel. Als ich an einem Nachmittage durch eine schöne Gegend ging, und die Hände (wie es denn meine Gewohnheit ist), in der Tasche trug, hatte ich, ohne es selber zu wissen, plötzlich das geheimnisvolle Papier auseinander gemacht. Da entstand ein solches Donnern, Lärmen und Poltern in den Wolken, als wenn der ganze Himmel über mir einfallen wollte, und siehe da, alle mein schönes Geld war wieder verschwunden.

9.

Ich wußte nun zwar, was in dem Papiere gewesen war; allein das konnte mich wenig trösten, denn ich hatte nun nichts weiter, als ein kleines, blankes Steinchen in der Hand. Ich besah es hin und her und weinte meine bittern Tränen.

Da war ich nun wieder so arm, als ich nur je gewesen war, und keine Aussicht auf ein neues Glück. Verlor aber darum doch den Mut nicht, sondern überließ mich ganz der Führung der Vorsehung, weil ich überzeugt war, daß sie schon wieder auf eine andre und bessere Art für mich sorgen würde.

10.

War, wie schon gemeldet, sehr mißvergnügt und wußte gar nicht, was nun in der Welt anfangen sollte, so daß auch schier alle Hoffnung verlor und manchmal beschloß, mich aufzuhängen. Gedachte wohl freilich manchmal, es müsse wohl wieder anders und besser werden; indessen konnte ich es doch niemalen gewiß wissen.

Mußte also wieder Hunger und Kummer leiden; denn ohne Geld ist man gewiß ein verlassener Mensch, und das Elend ist um so empfindlicher, wenn man schon einmal die Freude des Wohlstandes gekostet hat.

Ich dachte oft, in dem zurückgelassenen Steine müsse vielleicht eine wunderbare, übernatürliche Kraft verborgen liegen, weil er doch von einem Gespenste herrühre, und gab mir deshalb alle Mühe, etwas dergleichen an ihm zu entdecken, wovon ich wieder mein Brot in Ruhe essen könnte. Ich glaube, es ist fast nichts in der Welt, worauf ich nicht in meinen damaligen Umständen verfallen wäre, weil einen großen Trieb in mir verspürte, mich aus meiner gegenwärtigen Not zu reißen. Mußte aber noch ziemlich lange darinnen verharren.

Damals gab mich ungemein mit Naturwissenschaft ab, und legte mich vorzüglich auf die sogenannte Experimentalphysik. Ich machte unaufhörlich Versuche, wozu der Stein doch in aller Welt zu brauchen sei; bald wollte ich mich damit verwandeln, bald gedachte ich, er solle etwa andre Materialien in Gold verwandeln; aber er wollte sich in der Tat zu nichts bequemen, so daß alle mein Studieren nur weggeworfene Zeit war. Ich wurde oft darüber böse.

Damals habe ich eingesehn, was für eine gute Sache die Wissenschaften sind, hatte nichts zu beißen und zu brechen, nichts auf und nichts im Leibe, meine Seele abgerechnet, die ich auch unermüdet beschäftigte. Es kam so weit, daß ich wieder bettelte, wobei mich trefflich mit Lügen behelfen mußte, um die Leute nur in Mitleiden, Teilnahme, Menschenliebe und dergleichen hinein zu bringen. Gab mich oft für einen Krüppel aus, oder einen Abgebrannten, tat auch manchmal, als wenn ich nicht sprechen könnte, welches mir recht leicht zu bewerkstelligen war, da an manchen Orten überdies die Sprache nicht inne hatte. So hatte immer alle Hände voll zu tun, um mich nur ehrlich durch die Welt zu bringen.

Habe seitdem aber keine Katze vor Augen leiden können, was gewiß eine große psychologische Merkwürdigkeit ist, da ich ihnen vor dem Vorfalle mit dem Gespenste ordentlicherweise gut war. Aber ich war innerlich zu sehr erbost, daß so meine Schätze wieder verschwunden waren, ob es gleich meine eigne Schuld war. Dachte aber oft, daß mir die Bestie nur den Stein gar nicht hätte geben dürfen, so wäre mir auch das Unglück nicht begegnet.

Es ist viel, daß ich bei meinen mancherlei Unglücksfällen kein einziges Mal in die eigentliche Verzweiflung gefallen bin. Aber ein großer Mann läßt sich sein Schicksal nicht anfechten, und von Kindheit an haben immer schon Spuren und Samenkörner meiner jetzigen Größe in mir gesteckt.

Mußte mich damals mit Wünschen und mit meiner Phantasie begnügen, wenn ich manchmal großen Appetit zu delikaten Eßwaren und Getränken hatte.

11.

Es kam aber die Zeit, wo ich die Kraft und Tugend des Steins erproben sollte; denn es begab sich, daß ich in eine wunderbare Gegend kam. Es war nämlich an einem Orte, an dem Ruinen eines ehemaligen Schlosses standen; die Berge waren wüste und voller wilden Felsenstücke. Wurde mir angst und bange, als ich durch diese Gegend ging, und ich hatte noch niemals dergleichen gesehn. Wie wurde mir nun aber erst, als ich oben auf dem Berggipfel allerhand wunderliche Gestalten in den seltsamsten Posituren wahrnahm, die sprangen und tanzten, und sich mit fürchterlichen Gebärden umhertrieben. Es war nicht anders, als daß diese Personen Gespenster vorstellen mußten, und da ich dies merkte, war ich in der vollkommensten Angst.

12.

Da ich mich so fürchtete, wollte ich an diesen Kreaturen die Gewalt meines Steins versuchen, und siehe da, diesmal gelang mir's über meine Erwartung. Die Gespenster, die vorher ein großes Lärmen gemacht hatten, waren plötzlich stille und alle gebannt, daß sie sich nicht rühren konnten. Ich merkte gleich, daß der Stein dies Kunststück gemacht habe, worüber eine große Freude empfand und überlegte, was es mir etwa für Nutzen bringen könne.

War noch etwas furchtsam, kletterte aber darnach mit einiger Mühe das Gebirge hinauf und befand mich nach einiger Zeit oben. Worauf ich die Gespenster in eigner Person besichtigte und Figuren von allen möglichen Farben antraf. Es war mir eine große Freude, daß mir keiner von diesen bösen Geistern etwas anhaben konnte, sondern sie sich alle vielmehr vor mir fürchteten und entsetzten. War mir bis dahin noch nicht begegnet.

Da ich sah, daß es so gut ablief, machte ich sie wieder von ihrem Banne frei und erlaubte ihnen, die vorhin gehabten Lustbarkeiten und Ergötzlichkeiten fortzusetzen. Worauf sie denn für erlaubte Permission dankten, und ihre unterbrochenen Quadrillen und englischen Tänze wieder anfingen.

13.

Ich fragte hierauf, was diese Festlichkeit zu bedeuten hätte, und warum sie, da sie doch, wie ich wohl sehn könnte, Gespenster wären, ihre Zeit mit Tanzen und Springen zubrächten.

Einer, der der Älteste und Vernünftigste unter ihnen schien, trat hervor und sagte: Mein Herr, es scheint, Sie kommen aus einer fremden Gegend, und darum will ich Sie von Allem unterrichten. Sie haben einen Stein in Ihrer Gewalt, der uns zwingt, Alles zu tun, was Sie uns befehlen, und darum muß ich auch antworten, was sonst meine Art gar nicht ist. Wir stehn, mit Erlaubnis zu sagen, unter der Botmäßigkeit des weltbekannten Satans, sonst auch Teufel genannt; dieser Unmensch hat uns schon seit lange auf dies Gebirge zur Strafe hergebannt, und uns jährlich nur einen Tag vergönnt, an dem wir uns lustig machen dürfen. Gerade heute ist dieser Mardi gras, und wenn es Ihnen sonst gefällig ist, so dürfen Sie nur an unserm Balle Teil nehmen.

Bedankte mich für die Höflichkeit des Gespenstes, sagte aber auch zugleich, daß ich nie ein großer Tänzer gewesen, sondern mich immer ohne dergleichen Freudensbezeugungen beholfen. Worauf sie Alle bedauerten und versicherten, Keiner unter ihnen, den ich aufgefordert, würde mir es abgeschlagen haben.

Ich fing nun an, meine Kräfte und Talente zu fühlen, und sagte: ich hoffte nun sogar, den Teufel selbst unter meine Botmäßigkeit zu bringen; worauf jener antwortete, daß es mir mit dem Steine gar nicht fehlen könne.

14.

War also nicht langsam, sondern fing an, den Satan zu beschwören, der sich auch sogleich in Gestalt eines gräßlichen Löwen einstellte, und so fürchterlich brüllte, daß die Gebirge davon wieder-hallten. Kümmerte mich aber nicht viel um sein Brüllen. Fragte mich obbesagter Teufel hierauf mit feurigen Blicken: ob ich gesonnen sei, einen Kontrakt mit ihm zu machen und mich ihm mit meinem leibeignen Blute zu verschreiben. Mußte lachen, ob es gleich der Satan war und fragte ihn: ob er dächte, daß ich ein Narr sei, daß er dergleichen Anerbieten sich zu machen unterstünde, da er schon überdies in meiner Gewalt sei. Ich habe meine Oberherrschaft über die Geister einer sichern Katze zu danken, der ich einen kleinen Dienst geleistet, worauf sie sich auf diese Art erkenntlich bezeigt.

15.

Ließ mich nun ohne weiteres Bedenken vom Satan selbst zu einem vergrabenen Schatze führen, der in einem verfallenen Brunnen verborgen lag; selbigen mußte er in eigener Person holen und mir einhändigen. Hatte nunmehr noch größern Mut und deutete ihm an (dem Satan), er möchte sich künftig nicht als Löwe zu mir bemühen, sondern als ein ordentlicher, vernünftiger Mensch erscheinen, falls ich darauffallen sollte, ihn zu zitieren. Worauf er mir die Hand geben mußte. Ging fort und war sehr verdrüßlich, daß ich ihn so bezwungen hatte.

16.

Ging nun fort und hatte vermittelst meiner dienstbaren Geister niemalen Geldmangel; denn so oft ich wollte, ging ich aus und zitierte, und ließ mir Schätze holen. War ein bequemes Leben, und hatte es doch nunmehr wieder mit des Himmels Beistand durchgesetzt, daß nicht zu arbeiten brauchte.

17.

Ich schaffte mir eine Kutsche, Pferde und Bedienten an, und reiste immer in der Welt umher; allenthalben traktierte man mich wie einen großen Herrn, weil die Leute glaubten, ich sei ein Graf, Minister oder dergleichen. War aber nichts dahinter, konnte aber gewahr werden, daß das Geld in diesem irdischen Leben die Hauptsache sei.

Damals studierte alle Lebensmittel durch, die es nur gab; weil mir dieser Zustand der Herrlichkeit etwas Neues war. War überaus vergnügt.

18.

Da ich nun ein bemittelter und wohlhabender Mann war, so schaffte mir auch einen Narren oder sogenannten Hanswurst an. Derselbige Mensch mußte sich immer dumm anstellen; war aber im Grunde klüger, als ich. Er mußte auf nichts, als Narrenstreiche denken, während ich meine ernsthaften Beschäftigungen vornahm, damit ich mich nachher wieder erholen und zerstreuen konnte. War dergleichen auch überaus nötig, um am Ende nicht gar melancholisch zu werden, als wozu in meinem Temperamente große Neigung verspürte; noch mehr aber zum phlegmatischen.

19.

Damals gab ich mir auch einen andern Namen und nannte mich *Tunelli*, weil man mich in der Jugend immer *Tonerle* genannt hatte. Wurde gewissermaßen dick und fett, als wozu zweifelsohne die sorgenfreie Lebensart Vieles beitrug, denn ließ mir gerne Essen und Trinken gut schmecken, und machte wohl 5 bis 6 Mahlzeiten des Tages, als welches sehr gesund sein soll; war aber doch niemalen dabei unmäßig.

Da ich sah, daß es mir so gut bekam, machte ich immer mehr Aufwand. Wenn mein Geld verzehrt war, ließ ich mich mit meiner Kutsche ausfahren. Im Walde oder Feld ließ dann still halten, mit dem Bedeuten, sei gesonnen, mich ein wenig in der schönen Natur umzuschauen, um die Gegend und dergleichen zu genießen. Mit dem Vorgeben ging ich dann beiseite und zitierte ohne Umstände den Teufel, der denn als ein Kavalier von vornehmem und vortrefflichem Ansehen erschien und mir Diamanten und Juwelen überlieferte. Diese Kleinodien steckte ich behende zu mir, setzte mich in meine Kutsche und fuhr dann weiter.

20.

Nach einiger Zeit kam ich in eine große und wohl vornehme Stadt, die man mir auf meine Erkundigung *Monopolis* nannte. Ich ließ nach dem besten Gasthofe fragen, und stieg also mit allen meinen Bedienten im goldenen Drachen ab.

Der Wirt schien ein Mann von Verstand und Bildung, befahl ihm also gleich, eine überaus delikate Mahlzeit anzurichten und mich ja in nichts zu vernachläßigen. Der Wirt machte viele Komplimente, und versprach seine Ergebenheit und unermüdeten Fleiß mit Herz und mit Mund.

Konnte die Zeit kaum erwarten, als ich mich auf meinem prächtigen Zimmer allein befand, bis das Essen fertig war. Ließ mir also unterdeß von meinem Harlekin einige wenige Narrenpossen in der Eil vormachen, die mich nicht sonderlich ergötzten, weil nämlich hungrig war, obgleich sich der Mann alle Mühe gab.

Endlich kam die Zeit und es wurde eine große Tafel serviert, voller überaus schöner Speisen. Da ging mir das Herz auf und ich wurde wieder lustig, so daß ich ordentlich zu scherzen begann. Denn es ist immer meine Meinung gewesen, daß man gute Laune und Witz eigentlich für die Tischzeit aufheben müsse, weil beides außerdem weggeworfen ist. Bat also den Wirt, er möchte sich ohne Umstände niederlassen und mit mir vorlieb nehmen. Der Wirt wäre über meine gütige Herablassung beinahe vor Schrecken in Ohnmacht gefallen, weil er mich für einen Herzog oder dergleichen Kreatur ansah. Ich aber fuhr fort in ihn zu dringen und erklärte ihm, ich sei nichts weiter als ein reisender Schneidergeselle. Worauf der Wirt sich ordentlich vor Freuden kreuzigte, daß ich so guten Humors sei und aus vollem Halse über meinen Einfall lachte, als wofür er es ansah. Ich ließ ihn endlich bei dem Gedanken, daß ich ein vornehmer Kavalier sei, weil die Menschen doch einmal an diesen Vorurteilen hängen.

Der Wirt setzte sich endlich auf wiederholtes Bitten zu mir, weil immer lieber in Gesellschaft speise. Ich muß sagen, er aß mit vielem Appetit. Der Narr mußte uns Beiden Narrenpossen machen, und ich war nicht der Einzige, der lachte, sondern der Wirt auch, was mir lieb war; denn es bewies, daß der Narr gewiß gut und nicht zu verachten war.

Bei Tische kamen wir auf allerhand Materien zu reden. Der Wirt erzählte viel von der Beschaffenheit des Orts und der Einwohner; von dem Geschmack, der dort herrsche, Theater und dergleichen; ich gab aber nicht viel Acht, sondern beschäftigte mich gänzlich mit Speisen. War mir aber doch lieb, daß einer in meiner Gegenwart was redete, damit der Geist, dem man nichts Besseres bieten kann, doch auch einige Nahrung bekäme.

So kam er auch auf den König des Landes zu sprechen. Jetzt fing ich an Acht zu geben; denn es war auch kein Wunder, daß ich schon satt war. Hatten schon seit drei Stunden bei einander gesessen. Kriegte einen guten Einfall. Erkundigte mich nämlich, was denn der Herr des Landes wohl für ein Herr sei, von was für Komplexion, ob er gern esse, ob lieber Fleisch oder Fische, ob er melancholisch oder vergnügt sei.

Merkte bei der Gelegenheit, daß der Wirt ein recht enthusiastischer Patriot sei; denn er strich seinen Fürsten auf die allerbeste Art heraus, so, daß ich wohl abnehmen konnte, wie glücklich sich die Untertanen eines solchen Landes vorkommen müssen. Ich fragte den Wirt weiter, ob es dieser König wohl ungnädig vermerken würde, wenn ich ihn untertänigst am folgenden Tage zu mir in's Wirtshaus an die Tafel bitten ließ. Der Wirt antwortete: der König würde es sich gewiß zur Ehre schätzen, denn er sei so populär, daß es ihm eine ordentliche Freude sei, gemein zu sein. Anbei liebe er Häuslichkeit und spreche gern Fremde, spare auch gern, würde also in allen Fällen mein Anerbieten gern annehmen.

Wer war froher, als ich. Schickte gleich meinen Jäger an Ihro Majestät, und ließ ihn am folgenden Tage, im Namen einer Wiener Kavaliers Tunelli, zum Essen bitten.

Der Jäger kam mit der Antwort zurück, daß der König so frei sein würde, zu erscheinen.

21.

Wie wunderlich ist das Schicksal? Vor kurzem noch gebettelt, hatte nun einen ansehnlichen König zu Gaste. Konnte kaum die Zeit erwarten, bis er kam.

Ich ließ eine Mittagstafel zubereiten, die sich vor jedem Monarchen der Erde sehn lassen durfte. Der König kam in seiner Kutsche, und ich nahm mir die Freiheit, ihn selber aus seinem Wagen zu heben. Ich hatte es so eingerichtet, daß, so wie die Majestät in den Saal traten, ihm schon die Schüsseln entgegen dampften; worüber Sie gnädigst zu lächeln geruhten und eigenhändig Beifall klatschten. Wurde dadurch ungemein zum Essen aufgemuntert und machte dem Könige dadurch doppelten Appetit.

Mußte erzählen, durch welche Länder ich gereist sei, und sprach daher von Polen, Persien, Türkei und Sibirien. Verschwieg aber meinen Stand und meine gehabten Avanturen weislich, weil es mir hätte zum Schaden gereichen können. Habe von jeher nach feiner Politik gehandelt, und mich in jeden Stand, mit dem ich umging, zu schicken gewußt.

Wir tranken auch ziemlich viel Weinflaschen aus, und da kam mein König erst recht in seine Laune hinein. Muß aber auch der Wahrheit die Ehre geben, daß ich es nicht an Witz gebrechen ließ, um meinen hohen Mitspeisenden zu unterhalten, welches er gnädigst und mit vielem Lachen vermerkte. Glaube, war vor Ehre, Freude und Wein halb betrunken.

Ich erzählte dem Könige von einem schönen Berge, den ich vor der Stadt gesehn hatte, und der mir in Ansehung der Gegend und Aussicht erstaunlich gefiel. Der König war eben der Meinung, sagte, er hätte schon viele Länder durchreist, habe aber keinen so schönen Berg angetroffen. Ob er ihn mir käuflich überlassen wolle? Der Regierende besann sich eine Weile und sagte: es wäre um den Berg schade. Ich glaubte, er weigere sich nur aus Verstellung, um einen bessern Handel zu machen, wie es sich nachher auch befand. Er wolle mir den Berg abtreten, sagte er, daß ich mir ein prächtiges Schloß dort bauen könne, erlauben; aber es sei ihm platt unmöglich, ihn unter zwei Millionen zu lassen, das sei der genauste Preis, wovon er sich keinen Pfennig könne abhandeln lassen; dabei bedinge er sich noch aus, daß nach meinem Tode oder Ableben der Berg an sein Königreich zurückfallen müsse.

Was waren mir zwei Millionen! – Wir gaben uns also die Hände, der Wirt schlug durch, und der Handel war gemacht. – Ich ließ die Kutsche anspannen und fuhr noch mit dem Könige hinaus, um mein Grundstück in Augenschein zu nehmen. Als ich nüchtern geworden war, merkte ich doch, daß er mich angeführt hatte; denn der Berg war mir eigentlich für meine schönen zwei Millionen nur auf meine Lebenszeit geliehen. Der Wirt lachte auch und schüttelte den Kopf. Was konnte ich dafür? Es war das erste Mal, daß ich mit einem Könige einen Handel machte. Beschloß, mich in der Zukunft besser in Acht zu nehmen.

22.

Ich baute ein prächtiges Schloß auf mein Gebirge hin, das mich auch über eine Million kostete; denn ich sah das Geld nicht viel an, weil mich im Fall der Not immer auf den Teufel verließ. Hatte also kurze Zeit eine Menge Geld ausgegeben.

Als selbiges Schloß fertig war, nannte ich es *Tunellenburg*, mich selbst aber den Grafen Tunelli. Will von den Festins schweigen, die bei der Einweihung veranstaltet wurden; der Rede nicht erwähnen, die der Zimmermann oben auf dem Dache zu meinem Lobe hielt; die Gedichte übergehen, die zu meinem Besten abgesungen wurden. Alles das würde zu viel Eitelkeit von meiner Seite verraten, wenn ich es weitläuftig beschreiben wollte. Will nur so viel kürzlich melden, daß im ganzen Lande berühmt, ja beinah angebetet wurde. War auch kein Wunder, da ich so viel Geld bei mir verspüren ließ.

Übrigens ließ mir selber an nichts abgehn, speiste auch öfters bei oberwähntem Wirte, weil er ein überaus geschickter Koch war und wie gesagt, viele Bildung hatte. Das war jetzt ein ander Leben, als wie ich mich in tausenderlei Tiere verwandeln mußte, um nur das liebe Brot zu haben, nach mir mußte schießen lassen, von Raubvögeln über's Meer tragen und dergleichen Unannehmlichkeiten.

23.

Der König hatte mich schon einige Mal gefragt, warum ich mich nicht lieber verheiratete, als ein so einsames Leben führte?

Fiel mir selber aufs Herz, daß ich noch kein Mal in meinem Leben verliebt gewesen war. Rührte wahrscheinlich daher, daß ich immer noch zu sehr mit Nahrungssorgen zu kämpfen gehabt.

Ich sah gerade bei'm Könige aus dem Fenster seines Schlosses, als wir diesen Diskurs führten. Indem so geht ein sehr liebenswürdiges Frauenzimmer vorbei, und wie ich sie ansah, war auch mein Herz bewegt (hatten schon gespeist), meine Empfindungen wurden angeregt, mit einem Wort, ich wurde verliebt. Zeigte dem Könige das Mädchen und meinte, daß ich diese am liebsten zu meiner Gemahlin erwählen möchte. Der König gab mir seinen Beifall und sagte, daß er sie selber für schön erkenne. Er sandte also in meinem Namen seinen Kammerhusaren hinunter, der sie einladen mußte, auf's Palais hinauf zu kommen, weil sie ein Kavalier sprechen wolle.

Das Mädchen war aber kurz angebunden, sagte, sie habe auf dem Schlosse nichts zu suchen, sie kenne schon den Herrn König, und sei nicht eine von denjenigen, und dergleichen Redensarten mehr; worauf sie denn ihren Weg fortsetzte. Ich war erschrocken und bange, ich möchte sie gänzlich aus den Augen verlieren, schrie und heulte vor Liebe im Fenster, daß es den König zu Tränen rührte. Umarmte mich weinend und suchte mich zu beruhigen, schickte auch alsbald zwölf Mann Wache aus, die das widerspenstige Mädchen mit Gewalt in's Schloß bringen mußten.

Sie zitterte und bebte und war sich nichts Guts versehn, ward dadurch in meinen Augen noch viel liebenswürdiger. Es war mir immer die größte Freude, wenn Leute vor mir zitterten und ich ihnen nachher vergab und nichts tat. So glaubte meine Geliebte auch, sie würde ihr junges Leben im Schlosse einbüßen müssen und fiel daher aus den Wolken, als ich ihr in den beweglichsten Ausdrücken meine Liebe und Anbetung ihrer Schönheit gestand. Sie war ganz versteinert. Ich und der König freuten uns so sehr darüber, daß wir laut lachen mußten.

Sie sagte, sie sei nur die Tochter eines Kaufmanns und verdiene eine so hohe Ehre nicht. Antwortete ihr galanter Weise: die Schönheit sei die einzig wahre Beherrscherin der Erde, und wahre feurige Liebe, wie die meinige, mache alle Stände gleich; solle mich demnach nur aus vollem Herzen lieben, und sie sei dann fast eben so viel, als ich selber. Könne nicht ohne sie leben, möchte also ohne weitere Umstände mein Leben oder meinen Tod beschließen.

24.

Sie sah mich mit zärtlichen Augen an, und ich merkte aus allen Kennzeichen, daß sie eine wahre und ungeheuchelte Liebe zu mir trüge, es nur nicht zu sagen sich unterstehe; denn ich war eine schöne Person, ansehnlich und wohlbeleibt, hatte überdies einen großen Stern auf der Brust und einen Orden um, brillantne Ringe an den Fingern; in Summa: sie verspürte wohl, daß ich was Extraordinaires sei, auch viel Geld hinter mir stecke. Gestand mir also ihre Neigung und wurde noch an demselben Tage auf dem Schlosse unsre Hochzeit und Trauung vollzogen. Die Eltern meiner Gemahlin durften aber nichts davon erfahren; denn ich hatte vor, diesen nachher eine recht heimliche Freude zu machen.

Nachdem wir gegessen und getrunken und uns auf allerlei Weise erlustigt hatten, begaben wir uns nach der prächtigen Tunellenburg, wo in aller Eil ein neues Banket zugerichtet wurde. Dann ließ ich eine prächtige Jagd anstellen, war und blieb aber ein ungeschickter Jäger.

25.

Hatte schon mehrere Wochen mit meiner Gemahlin äußerst vergnügt und zufrieden gelebt; dieselbe aß dieselben Sachen auch gern, die ich am liebsten mochte, und waren also, so zu sagen, Beide ein Herz und eine Seele. Schmeckte in voller Glückseligkeit also die Freuden des Ehestandes und wunderte mich, daß nicht eher darauf verfallen; denn hatte nun immer jemand, der sprach, und brauchte gar nicht Unterhaltung aus dem Hause zu suchen.

Als die erste Leidenschaft der Liebe vorüber war, dachte ich an den Vater meiner Gemahlin, daß er wahrscheinlich über den Verlust seiner Tochter untröstlich sein würde, da er durchaus nicht wußte, wo sie hingekommen war; denn ich hatte es sehr strenge verboten, ihm etwas zu verraten, aus Ursach der heimlichen Freude.

Ließ ihn also endlich einmal auf mein Schloß bescheiden, diesen Kaufmann. Er kannte mich gar nicht, und wunderte sich also, warum ich ihn doch wohl rufen ließe. Sah ganz krank aus, der arme Mann, als er ankam, und mußte vor Freude lachen, als ich dachte, daß nun seine Angst bald vorüber sein würde. Er hatte Edelsteine mitgebracht, weil er dachte, ich sei etwa gesonnen, Pretiosa zu kaufen und habe ihn deswegen rufen lassen. Er zeigte sie mir mit der größten Demut und Unterwürfigkeit, und es fiel ihm wenig ein, daß ich sein Schwiegersohn sei.

Als ich sie alle genug betrachtet hatte, gab ich ihm einige von meinen Diamanten, wie eine halbe Faust groß in die Hand und fragte, ob er sie nicht von dieser Sorte habe? Er erschrak über die großen Steine und antwortete, daß er dergleichen Diamanten noch niemals gesehn, viel weniger besessen habe. – Andre könnte ich nicht brauchen; und da er keine von dem Kaliber habe, wolle ich ihm die sechse schenken, die er gerade in den Händen habe.

Der Kaufmann wußte nicht, ob er im Himmel oder auf der Erde war; er sah mich mit großen Augen an und konnte aus meiner Person nicht klug werden. Ich mußte innerlich lachen und konnte mich vor Freude nicht lassen. Er mußte sich nun neben mich setzen, und ich ließ für uns Beide etliche Flaschen von meinem besten Weine aus dem Keller heraufholen.

Bei diesem Anblick schien mein unbekannter heimlicher Schwiegervater etwas beruhigt und getröstet. Er trank von Herzen und ich nötigte ihn so lange, bis ich merkte, er sei seiner Sinne nicht mehr mächtig. Um seine Freude und sein Glück auf den höchsten Gipfel zu bringen, mußte meine Gemahlin plötzlich hereintreten.

Der alte Mann erschrak vor Entzücken, als er seine Tochter so unvermutet wiedersah; er wollte aufstehn und sie umarmen, wie es einem Vater zukommt; aber es hatte ihn so überwältigt, daß er der Länge nach in meinen Speisesaal hinfiel. Erinnere mich nicht, daß in meinem Leben schon eine solche Freude gehabt hätte, als an dem Tage, da diese beiden liebenden Herzen sich wiederfanden.

Aber keine Feder kann es beschreiben noch ausdrücken, was der alte Mann für dummes Zeug anfing, als er hörte, daß seine Tochter meine Gemahlin sei und ich selber sein Schwiegersohn. Das Händeringen und Bockspringen wollte gar kein Ende nehmen. Ich mußte mir vor Lachen und Freude Bauch und Seiten halten.

Er mußte mit uns essen, mit uns auf die Jagd gehen, wozu er noch weniger taugte, als ich selber; dann mußte er wieder trinken, dann ein Feuerwerk ansehn, in Summa, er genoß alle Seligkeiten dieser Erde.

Darüber wurde er auch am Ende sehr verdrüßlich, denn er sagte, wir sollten ihn nun auch einmal wieder nach Hause gehn lassen, seiner Frauen wegen, die nicht wisse, wo er bliebe; erst hätte ich ihnen die Tochter weggenommen, nun würde er selber seiner Frau vorenthalten, die sich vielleicht gar zu Tode ängstigen könne.

Er schimpfte und fluchte so lange, bis ich einsah, daß er Recht habe, und ihn wieder in Gnaden entließ.

Ich schlief mit den Vorstellungen ein, wie glücklich sich nun die ganze Familie fühlen müsse.

26.

Ich mußte nun meiner Frau alle meine Kostbarkeiten zeigen, alle Diamanten, Ringe und andre Kleinodien. Den größten Wohlgefallen äußerte sie aber am baren Gelde: eine Folge ihrer Erziehung und weil ihre Eltern Kaufleute waren.

Nahm mir also vor, ihr eine rechte Freude zu machen, sagte ihr, daß ich nur auf eine Stunde nach der Stadt fahren wolle, um die Einkünfte einzunehmen, die mir meine großen Güter in Deutschland eintrügen.

Fuhr also ab, stieg aber im Walde aus der Kutsche und bannte den Teufel zu mir. Er wußte schon, was ich wollte, und kam mit vielen Edelgesteinen zu mir. Immer als Mensch, wie ich es befohlen hatte. Ich sagte, wenn es ihm nichts verschlüge, möchte er mir diesmal bares Geld in Dukaten bringen. War zufrieden, wenn ich drei Prozent am Werte der Kleinodien verlieren wollte. Ich mußte mich drein finden, weil es mir auf bare Münze ankam. Nach einer Viertelstunde kam der Teufel schwitzend wieder und hatte wohl 20 Beutel mit Dukaten bei sich. Gab die Edelsteine zurück, behielt aber heimlich zwei von den besten Ringen zurück, so daß doch keinen Schaden hatte.

Fuhr hierauf nach meinem Schlosse und meine Gemahlin amüsierte sich vierzehn Tage hinter einander damit, daß sie die Dukaten zählte. Wir waren recht glücklich und bei Tische immer sehr vergnügt.

27

Um die Zeit begab sich's bald nachher, daß beide Eltern meiner Frau Gemahlin uns besuchten. War schönes Wetter und sehr bei Laune, wie immer gern zu sein pflegte, war mir daher dieser Besuch sehr willkommen und angenehm. Was mir aber noch mehr Freude machte, war der Umstand, daß sie von mehr als zweihundert Personen aus der Stadt begleitet wurden, die Musik mitbrachten und ein verteufeltes Lärmen machten: Alles mir und meiner Frau Gemahlin zu Ehren. Es war lustig, die Musik und das wiederklingende Echo aus dem Fenster wahrzunehmen.

Wurde an dem Tage ein großes und herrliches Traktament angestellt, womit aus der Maßen Ehre einlegte. Fraßen auch alle, daß wohl ein Stein hätte Appetit kriegen mögen, viel weniger wohl ich. Daneben viele Gratulationen abgestattet erhalten, und von allen Seiten Komplimente eingesammelt. Ließ auch meine Gnade hinlänglich verspüren; denn als das Festin vorbei und es Abend war, erhielt jeder von den zweihundert Personen einen köstlichen Ring mit einem trefflichen Diamantstein. Ärgerte sich nachher die ganze Stadt, daß sie nicht mitgegangen war.

28.

Glück ist unbeständig. Währte nicht lange, so wurde meine treueste Gemahlin von einer kleinen unbedeutenden Krankheit angefallen. War nicht saumselig, sondern schickte sogleich nach dem Leibarzt des Fürsten, mit dem Erbieten, wolle ihm überflüßig Geld geben, wenn er sie kuriere. Da der Leibarzt dies Anerbieten hörte, brachte er noch vier von seinen guten Freunden mit, und hielten alle zusammen Collegium medicum. Ging mir viel Geld darauf, und ehe vierzehn Tage verlaufen waren, war meine liebenswerteste Gemahlin gestorben.

Weinte, wie sich's gebührte, und fiel beinahe in Verzweiflung, so daß der König, so wie viele Leute vom Stande, genug an mir zu trösten hatten.

29.

War doch nun durchaus nicht zu ändern, ließ mir daher auch endlich den Trost meiner Bedienten zu Herzen gehn, die gewaltig an mir arbeiteten. Trachtete nun, ihr, meiner gewesenen Gemahlin, ein anständiges Begräbnis zuzubereiten, damit mir nichts vorzuwerfen habe. Geschah mit aller Solennität; denn dieselbe wurde in der Stadt, in der Domkirche, unter Begleitung von vielen Fackeln, begraben, wobei viele Menschen häufige Tränen vergossen.

Hatte daran noch nicht genug, sondern ließ ihr auch ein herrliches Denkmal aus Marmorsteinen setzen, wozu eine lateinische Inschrift ausarbeiten ließ, die passend war. Alles vergoldet, kostete auch vieles Geld, war aber auch im besten Geschmack.

30.

Nachdem das Begräbnis vorüber war, ließ ich ein prächtiges Trauermahl anrichten, um meiner Gemahlin alle Ehre zu erweisen.

Hatte für delikate Speisen gesorgt, und lief zu meiner und zur allgemeinen Zufriedenheit ab. Waren auch die Weine im geringsten nicht gespart, so daß eine herzliche Freude darüber empfand.

31.

Mein Umgang mit dem Könige dauerte immer mit gleicher Zärtlichkeit fort. Aßen oft zusammen, und die Majestät schärfte mir manchen Trost ein, und sprach vortrefflich über die notwendige Verknüpfung der Dinge, Schicksal und dergleichen, so daß fast kein Wort davon verstand.

Suchte mich auch durch Ergötzlichkeiten und andre Diskurse zu zerstreuen, um mich nur vor Verzweiflung zu bewahren. So erzählte er mir eines Tages, daß man eine große Anzahl Diebe und Mörder eingefangen habe, und er nun nicht wisse, ob er sie hängen solle, oder ihnen nicht lieber Pardon erteilen. Ich wunderte mich über dergleichen schlechte und offenbar zu menschenfreundliche Gesinnungen. Sagte ihm rund heraus, er sei ein schlechter König, wenn er nicht am Umbringen das gehörige Vergnügen finde, und werde nachher in seinem Leben nicht mit Sicherheit regieren können. Man sehe es ihm wohl an, daß er bis dato noch mit Spitzbuben keinen sonderlichen Umgang gehabt; solle sie aber nur kennen lernen und werde dann einsehen, daß gegen dergleichen Ungeziefer der Galgen, als das einzige kräftige Mittel, vorhanden. Hätte selber von solchen Kreaturen einmal von einem Baume heruntergeschossen werden sollen, habe mich aber glücklicherweise noch durch eine glückliche List gerettet.

Kurz, predigte dem Könige so lange vor, bis er seine gnädigste Einwilligung dazu gegeben hatte, daß die Spitzbuben gehängt wurden, damit nur ordentliche Ruhe in's Land käme. Kriegte auch Lust, die armen Spitzbuben selber in Augenschein zu nehmen, machte ihnen also mit dem Könige einen Besuch. Sie hofften bei der Gelegenheit Pardon zu kriegen, aber darinne hatten sie sich sehr geirrt: wir sagten ihnen Beide rund heraus, daß auf dieser Erde ihre Bestimmung nun einmal der Galgen sei; bei welcher Gelegenheit ich manchen schönen Spruch von der notwendigen Verknüpfung der Dinge wieder an den Mann brachte. Die Spitzbuben wurden aber darüber ganz mißvergnügt.

Erstaunte nicht wenig, als die beiden ansehnlichen Kerle wieder gewahr ward, die mich ehemals in der Gegend von Polen hatten ausplündern wollen. Gab mich ihnen ohne Umstände zu erkennen und sagte, daß sie nunmehr das vom Baumherunterschießen wohl würden lassen müssen. War ungemein vergnügt, daß an diesen Bestien meine Rache ausüben konnte, weil sie mich damals so über die Gebühr geängstigt hatten.

Am folgenden Tage wurden sie Alle hingerichtet, die Beiden ausgenommen, die meine Bekannten waren; denn diese hatten Mittel gefunden, aus dem Gefängnisse zu entwischen. Hatte sie nun Alle aufknüpfen sehn, und ging mit zufriedenem Gemüte nach Hause, denn ich wußte nicht, was mir noch in dieser Nacht bevorstand.

Es mochte ohngefähr um Mitternacht sein, als ich etwas so prasseln hörte, als wenn es Feuer wäre. War auch wirklich Feuer und ich wachte darüber auf. Alles stand in Flammen, die Tapeten brannten schon; ich griff nach den Kleidern, kaum daß ich noch meine Beinkleider rettete. Alles Übrige, worunter auch mein herrlicher, trostreicher Stein befindlich, war fort und verloren. Die beiden entwischten Kanaillen hatten das Feuer angelegt.

Nun stand ich unten vor meinem Schlosse in Hemd und Beinkleidern, indessen die Flammen Alles geruhig niederbrannten. Die Bedienten liefen mit Zetergeschrei umher, und da ich mich einmal in der höchsten Trostlosigkeit befand, gab ich Allen auf der Stelle gleich ihren Abschied. Sagte, daß ich verarmt und abgebrannt wäre, ohne Mittel, könnte sie also nicht weiter brauchen. Sie gingen mit Tränen von mir und schwuren hoch und teuer, kriegten Zeit Lebens nicht wieder so herrliches Essen zu sehen, viel weniger zu genießen.

32.

Wußte keinen andern Entschluß zu fassen, als daß mich den Tag über im nächsten Walde einquartierte, weil in meinem nackenden Anzüge nicht durch die Straßen der Residenz gehn wollte.

Botanisierte in der Verzweiflung.

33.

Als es dunkel geworden, begab ich mich in die Stadt zum Kaufmann, meinem Schwiegervater. Derselbe glaubte, ich sei vielleicht gar vor Schmerzen oder Langerweile toll geworden, daß ich, als ein Graf, in solchem Aufzuge zu ihm gelaufen kam. Erklärte ihm aber bald das Rätsel, und erzählte ihm von meinem Stein und dessen Eigenschaften, vom Teufel und so weiter, in Summa, vertraute dem Manne alles, und daß ich nun ein armer Abgebrannter sei: wodurch denn seine Verwunderung aufhörte, er aber in ein unbeschreibliches Erstaunen geriet.

34.

Der König, dem ich schriftlich mein gehabtes Unglück anzeigte, stattete mir schriftlich sein Kondolenzschreiben ab, mit eigenen hohen Händen abgefaßt, wodurch gewissermaßen in eine Art von Beruhigung überging.

Der Kaufmann, mein gewesener Schwiegervater, hatte für sein großes Vermögen, das er großenteils durch mich erworben hatte, zwei Schiffe ausgerüstet, die damals auf der See waren. Es dauerte nicht lange, so kriegten wir die Nachricht, daß das eine gescheitert, das andre aber von Seeräubern weggekapert sei.

35.

Nun hätte ein Mensch sehn sollen, wie dieser Kaufmann sich bei dergleichen Nachrichten anstellte, und merkte schon damals, daß ich ein großer Philosoph sei, daß schon gewöhnt, so überschwengliches Elend mit exemplarischer Geduld zu ertragen. Einmal die Wurzel meines Glücks verloren, jetzt sogar mit meinem Steine abgebrannt.

Kam der Mann sogar darauf, ich sei ein Hexenmeister, sei am Tode seiner Tochter Schuld und auch an seinen Schiffen. In Summa, machte in der Verzweiflung nicht große Komplimente, sondern schmiß mich zum Hause hinaus.

36.

Der König hatte durch den Kaufmann denselben Argwohn gefaßt, von wegen der Hexenmeisterei. Schickte mir also die Bettelvögte nach, und ließ mich geradesweges über die Grenze bringen, mit dem kurzen, doch verständlichen Bedeuten, daß, falls ich mich unterstehn würde, wieder einen Fuß in sein Land zu setzen, er mich an den lichten Galgen wolle henken lassen.

Ging mit betrübten Gedanken aus seinem Lande hinaus.

Dritter Abschnitt

1.

Sähe nun klärlich ein, daß man sich in dieser Welt auf nichts völlig verlassen und vertrauen könne, wenn man nicht sein bestimmtes Auskommen habe. Nahm mir daher vor, mein Glück wieder zu suchen und mich empor zu bringen; aber nicht auf die gewöhnliche Weise, wie bisher geschehen, sondern lieber gleich zu trachten König oder Kaiser zu werden, damit ich mein Stückchen Brot in Ruhe und Frieden verzehren könne. Ist es doch so Manchem gelungen, sagte ich zu mir selber, warum soll es denn mir gerade fehlschlagen? Wenn man alle Könige und Kaiser zusammenzählt, die seit Erschaffung der Welt regiert haben, so kömmt eine hübsche Summe heraus; warum soll ich denn nicht Einer von diesen Vielen werden können? Und Kreaturen haben sich darunter befunden, wie der hochselige Nebukadnezar, der sich nicht entblödete, auf vier Füßen zu gehen; wie Nero, der die Christen verfolgte; wie Caligula, der sein Pferd zum ersten Burgermeister machte; nicht des Saul zu gedenken, der David umbringen wollte; oder des Salomo, der sich ein Paar tausend Weiber hielt. Keine dieser Bosheiten habe ich bisher ausgeübt, sondern im Gegenteil einen stillen und vernünftigen Lebenswandel geführt. Das Bischen durch die Luft fliegen als Maus abgerechnet, als mich der erschreckliche Vogel nach dem Reiche Persien brachte. Warum soll ich nun verzweifeln?

2.

Tröstete mich mit diesen und dergleichen Gedanken, hatte aber unterdessen nichts anders zu verzehren. Tat mir sehr leid und wünschte von Herzen, die Zwischenzeit bis zu meiner künftigen Größe möchte erst überstanden sein. Aber da half kein Wünschen. Ging von Ort zu Ort, und trieb wieder das alte Bettlerhandwerk, das mir in der ersten Zeit, nach dem Grafenstande, recht sauer ankam.

3.

Irrte weiter umher und kam in eine sehr wüste Gegend. Traf auch keinen Menschen, außer nach etlichen Tagen auf zwei Personen, die sich für Leineweber ausgaben und mir sagten, daß sie umherwanderten, ihr Glück in der Welt zu suchen. Freute mich ungemein, daß es noch mehr solche Leute gebe, als ich selber einer war, und indem genauer hinsah, waren es zwei von denen, die mich ehemals in Wien wegen meines fast zu beißenden Witzes hatten ausprügeln wollen. Wir erzählten uns unsre Geschichten, und als ich die meinige vortrug, hielten mich die Gesellen für einen wackern Aufschneider; denn es war ihnen so etwas Unglaubliches noch nie begegnet.

So ist der Mensch. Was er nicht selber erfahren hat, scheint ihm unmöglich.

4.

Wir wanderten eine geraume Zeit miteinander. Eines Tages wurde es Abend, und es fing an sehr finster zu werden. Wir erkundigten uns nach einem Wirtshause, und man beschrieb uns die Gegend. Als wir ankamen, sagte uns der Wirt, daß er uns unmöglich aufnehmen könne, weil alle seine Stuben schon von Gästen besetzt wären. Wir baten ihn recht flehentlich; allein es war Alles umsonst und vergebens. Endlich sagte er, er habe noch ein Haus, das er aber immer müsse leer stehen lassen, weil es von Poltergeistern beunruhigt würde, mit diesem könne er uns dienen, wenn wir es verlangten, doch sollten wir nachher nicht die Schuld auf ihn schieben, wenn Einigen von uns die Hälse gebrochen würden, und dergleichen mehr.

Ich dachte gleich an meine sonst gehabte Geschichte mit der Katze, dem einen Kameraden fiel sie auch ein, und da er gern auch einen Stein bei'm Teufel im Brette haben wollte, so drang er bei'm Wirte darauf, daß er uns nur hinbringen möchte, und Licht, Bier und Karten geben, wir wollten es dann mit den Geistern schon aufnehmen.

Der Wirt, nachdem er uns noch einmal gewarnt hatte, erfüllte unser Begehren.

5.

Wir waren lustig, spielten um das wenige Geld, das wir bei uns hatten und tranken unser Bier, indem wir dabei an nichts weniger als an einen Geist dachten. Glaubten auch am Ende, daß keiner kommen würde, als sich plötzlich um Mitternacht die Stubentür öffnete, und ein vornehmer Kavalier mit vielen Komplimenten hereintrat.

Meine wertesten Herren, sagte er recht höflich, es freut mich, daß Sie in mein schlechtes Haus einsprechen wollen. Ich bin allein und werde die Ehre haben, von Ihrer angenehmen Gesellschaft zu profitieren. Wir wollen eins zusammen trinken.

Aber wir alle waren nicht dazu aufgelegt, sondern saßen schon längst unter dem Tische, und Keiner guckte hervor.

Da der Herr fand, daß wir so ungesellig waren, verschwand er wieder.

6.

Wir suchten wieder unsre Karten zusammen und glaubten, daß uns nun kein Geist weiter besuchen würde. Zechten Alle noch lustiger als zuvor, weil wir dachten, wir hätten nun allen Schrecken überstanden.

7.

Dauerte aber nicht lange, so kamen zwei Kerle gar aus dem Fußboden hervor, wovon einer eine Violine in der Hand, der andere aber eine Flöte am Maule hatte. Sie tanzten und spielten wie toll in der Stube herum, so daß Zeit meines Lebens keinen so unvernünftigen Geist gesehn habe. Nachdem sie viel dummes Zeug getrieben, ja mit ihren Possen sich so weit vergessen, daß wir in ihrer Gegenwart, ob sie gleich Geister waren, lachen mußten, verschwanden sie wieder auf eine wunderbare Weise.

8.

Nun dachten wir, wäre es der Poltergeisterei genug; aber weit gefehlt, denn die Hauptsache sollte nun erst vor sich gehn.

Es tat sich nämlich die Decke der Stube auseinander, und der erst erschienene Herr fuhr mit einer ganzen großen Gesellschaft herunter, in die Stube herein. Bediente kamen mit, die eine große Tafel servierten, und sie mit goldenen und silbernen Geschirren besetzten. Dann wurden herrliche Speisen und treffliche Weine gebracht, und die Gesellschaft schmausete und zechte, daß, wenn es ordentliche Menschen gewesen wären, man seine Lust von bloßem Zu schauen gehabt hätte. Wir hielten uns still in unserm Winkel und dachten: Wo will doch das hinaus?

Der Oberste an der Tafel rief einen Bedienten und sagte: Bringe den Herren im Winkel da diesen Becher, den sie uns zu Ehren austrinken sollen.

Der Bediente kam auf uns zu, wie ihm befohlen war, und wir weigerten uns nach Herzenslust, sagten: wir wären sehr verbunden, hätten aber schon Bier genossen, wozu sich der Wein übel schicken würde, tränken nicht so spät Wein, und dergleichen mehr. Da aber der Bediente gar nicht zu nötigen aufhörte, so ergriff endlich der eine Leineweber den Becher, der in der Tat zu gerne trinken mochte, trank ihn aus und fiel alsbald tot darnieder.

9.

Darüber erschraken wir andern Beiden, wie billig, und nahmen uns vor, an diesem armen Kerl ein Exempel zu nehmen, der sich so unverhofft zu Tode gesoffen. Als nachher von Neuem die Einladung an uns erging, bestanden wir durchaus darauf, daß wir nichts mit Trinken zu tun haben wollten. Daran kehrte sich aber der abgeschickte Bediente ganz und gar nicht, sondern da wir nicht zum Trinken aufgelegt waren, brach er dem andern Gesellen mit Gewalt den Mund von einander und goß ihm den Wein hinunter, worauf dieser ebenfalls des Todes verblich.

Da ich dergleichen Zeremonien sah, wollte mir das Herz fast vor Angst zerbersten, suchte meine Rettung daher in der Flucht. Da war mir aber übel geraten, denn der Bediente erwischte mich am Kleide und hielt mich fest, indem er mir immer den Becher zum Trinken präsentierte.

Not lehrt beten! Die Wahrheit dieses Sprichwortes habe ich damals recht einsehn lernen, denn als ich nun in der höchsten Angst war, suchte ich in meinem Gedächtnisse nach einem recht kräftigen Stoßgebete umher, und rief in der Verzweiflung: *Pereat der Teufel, Vivat der Herr!*

Sogleich verschwanden alle Gespenster, doch ließen sie in der Eile die prächtige Tafel in der Stube.

10.

Wer war froher als ich! Es tat mir jetzt nur Leid, daß ich einen solchen wilden Studentenausdruck gewählt, um die höllischen Geister zu vertreiben; denn ich hatte eigentlich das Vater Unser beten wollen, in der Angst aber ein wenig die rechte Straße verfehlt, und dadurch auf eine fast beleidigende Art mein Wohlwollen gegen den Schöpfer an den Tag gelegt.

Es erschien ein Geist, in Gestalt eines großen schönen Vogels. Wir machten gegenseitig unsre Komplimente und freuten uns, uns kennen zu lernen. Daneben bat ich meines unhöflichen Gebets wegen um Verzeihung, es sei in der Angst geschehen; wie man in den Wald hineinschreie, so schalle es wieder heraus; auf einen groben Klotz gehöre ein grober Keil, und dergleichen mehr. Der Vogel antwortete: dergleichen habe nichts zu sagen, ein jeder mache es so gut, als er könne, und in der Angst gelte ein leichter Fluch auch. Hierauf fragte ich an, ob ich nicht so frei sein dürfte, das Beste von den goldenen Geschirren zu mir zu stecken und für meine gehabte Angst einen kleinen Rekompens zu genießen. Der Vogel widerriet ein solches, und sagte, ich solle Alles dem Wirte lassen, der sein Haus so lange nicht habe brauchen können und dadurch ziemlichermaßen Schaden gelitten; ich solle nichts, als einen Pokal zu mir stecken, in dem sich eine überaus köstliche Perle befinde. Diese Perle sei vorzüglich dazu zu gebrauchen, daß sie Alles, was man damit anrühre, in Gold verwandle, es aber dann wieder in seinen vorigen Zustand herstelle, wenn man es haben wolle. Außerdem, fuhr der Vogel fort, steht hier vor der Tür ein gesattelter schöner Esel, der Dich fortbringen wird, sobald Du ihm nur ein wenig in die Seiten trittst.

Ich bedankte mich für die große Gnade und das schöne Geschenk, steckte den Pokal zu mir und damit sogleich zur Tür hinaus. Der Esel stand wirklich draußen, ich setzte mich auf, und wie ehemals der Vogel, so ging jetzt dieser Esel mit mir durch alle Lüfte. Schloß fest an, weil beständig in der Furcht lebte, herunter zu fallen.

Flogen Beide, und flogen beständig fort, es war, als hätte der Esel Flügel gehabt. Es war auch dunkle Nacht; aber die Sonne mit ihrer Morgenröte ging schon auf, als ich noch immer auf meinem Esel saß, der des Fliegens nicht überdrüssig wurde.

Endlich sahen wir ein hohes und steiles Gebirge vor uns liegen, darauf setzte sich der Esel mit mir nieder und stand still. Hielt solches für eine feine Art, mir seine Meinung zu verstehn zu geben, und stieg augenblicklich ab.

11.

Als ich abgestiegen war, unterließ nicht, mich nach allen Seiten wohl umzuschauen, weil gern wissen wollte, wohin ich geraten sei. Sah aber nichts als steile Berge um mich her. Ich fragte, wo wir wären, bedankte mich bei dem gutwilligen Esel, und wollte schon in der Stille meine Perle herausnehmen, um ihn in Gold zu verwandeln und nachher zu verkaufen, als er, der gewiß meine Absicht merkte, sich plötzlich in ein herrliches Pferd verwandelte.

Ich erstaunte, und merkte nun wohl, daß ich einen Geist vor mir habe; erwies ihm auch von diesem Augenblicke alle nur mögliche Ehre, die man unter solchen Umständen einem Gespenste schuldig ist. Behielt immer meinen Hut unter'm Arm, ließ es auch an Schauder und Angst nicht gebrechen, denn ich dachte, das Pferd könne mich am Ende noch gar mitten in dem wüsten Gebirge auffressen.

Das Pferd war aber seinerseits auch sehr höflich, und hatte, ob es gleich seinen Stand verändert hatte, immer noch die bezaubernden Manieren des Esels an sich, so daß unter gegenseitigem Komplimentieren eine gute halbe Stunde verstrich. Das Pferd machte so viele Kratzfüße, daß die Funken nur immer aus dem Felsen sprangen.

War endlich so dreist, zu fragen: warum es nicht lieber gleich ein Pferd gewesen wäre, sondern sich erst in einen Esel verwandelt hätte, hätte auf die Art nur doppelte Mühe gehabt; worauf das Pferd mit einem liebenswürdigen Wiehern, das auf seine Art ein Lachen vorstellen sollte, antwortete: Halte endlich Dein Maul, Tonerle, oder Tunelli, und sei froh, daß Du mit heiler Haut aus den Händen der Gespenster gekommen bist. Geh Deiner Straße. Dort unten liegt eine große Stadt, da wirst Du Dein sicheres und beständiges Glück machen. – Wo? fragte ich.

Das Pferd stellte sich auf die Hinterbeine und sagte verdrüßlich: Da vor Dir, Du Ochsenkopf! indem es das vordere Bein mit dem Hufe gerade vor sich hin streckte. Ich sah noch einmal hin und bemerkte nun auch eine gewaltig große Stadt vor mir liegen. Konnte nicht begreifen, daß ich sie nicht gleich gesehen.

Das Pferd stand noch aufgerichtet vor mir, ich hielt es für meine Schuldigkeit, nahm den Vorderfuß in meine Hand, drückte ihn ein wenig zärtlich in meinen Fingern und versiegelte dann meine Dankbarkeit mit einem auf den Huf gut angebrachten Kuß.

Das Pferd machte eine zierliche Verbeugung und verschwand.

12.

Ich fing nun an, mit Gemächlichkeit vom Gebirge herunter zu steigen, wobei zu meinem großen Leidwesen Hunger verspürte. Um mich zu zerstreuen, verwandelte sogleich einen großen Stein in Gold, dann wieder in Stein, steckte mir alle Taschen voll Holz und Steine, die ich zu Gold machte, um in der Stadt sogleich davon zehren zu können. Nun ward mir das Gehen sehr beschwerlich, von wegen der großen Last. Sah bei der Gelegenheit ein, daß zuweilen mit Dummheit behaftet, weil ja die Perle besitze, warf daher wieder Alles von mir und machte es wieder zu Stein und Holz.

Nun hoffe doch endlich den Hafen des Glücks zu finden, sagte ich zu mir selber, da der Hunger immer mehr überhand nahm: hänge ich doch nun von Niemand ab, brauche mich nicht zu verwandeln, um meinen Lebensunterhalt zu genießen, habe auch durch des Himmel Hülfe weiter keine Gemeinschaft mit dem Teufel, der das Bannen und Zitieren und Schätzebringen doch auch einmal hätte überdrüßig werden können. O wohl dem Manne, der alles sich selber, seiner eigenen Kraft und seinen Talenten zu verdanken hat!

Unter diesen Worten war ich bis an das Stadttor gekommen.

13.

Verwandelte in der Eil eine Menge nichtswürdiger Sachen in Gold, um mich mit Sicherheit in einem Gasthofe niederlassen zu können. War der Wirt über meine Ankunft sehr vergnügt, denn verzehrte gar nicht sparsam, so daß er seit langer Zeit keinen so guten Gast gesehn hatte.

Erfuhr von ihm, daß diese Stadt und dies Land Aromata genannt werde und daß es einen Kaiser habe. Gefiel mir die Lage und die

Art der Lebensmittel ungemein; mit einem Worte, wünschte, hier mit der Zeit einmal Kaiser zu werden.

14.

Nachdem einige Wochen ohne Beschäftigung im Wirtshause still gelegen, um mich nun auf die gehörige Weise zu erholen, so fing auch wieder an, an die dem Menschen nötige Tätigkeit zu denken. Ging daher spazieren und betrachtete mir die Straßen der Stadt.

Muß sagen, daß mir dieses Land von Tage zu Tage mehr gefiel. Straßen waren breit; probierte die übrigen Gasthöfe, waren auch gar nicht zu verachten; fand aber doch, daß mich im besten einquartieret.

Nachdem die Landesart erkundet, wollte ich auch einen Vorsatz in's Werk richten, nämlich: nichts Geringeres, als in dieser Stadt großes Aufsehn zu erregen. Verwandelte also die ganze Straße, die nach dem kaiserlichen Palast führte, in Gold.

Erst wußten die Leute gar nicht, was sich zugetragen; dann verwunderten sie sich aber desto mehr, als sie es gewahr wurden. Es entstand ein großer Auflauf; Goldschmiede erprobten das Gold und fanden es echt und vortrefflich. Ist nicht zu sagen, welch' ein Lärmen und Geschrei in der ganzen Stadt vorhanden war.

15.

Es konnte gar nicht fehlen, daß des Kaisers Person nicht Einiges davon zu Ohren gekommen wäre. Er, der ein Liebhaber von Kuriositäten war, ließ sogleich seine sechsspännige Kutsche vorfahren, setzte sich allda hinein und fuhr durch die goldene Straße, um das Wunderwerk selbst in Augenschein zu nehmen. Ist nicht zu leugnen, daß es sehenswürdig war, und bin fast der Meinung, daß keiner meiner hochzuehrenden Leser je wohl dergleichen mit Augen erblicket, wenn er sich nicht um die Zeit in Aromata sollte aufgehalten haben.

16.

Dem Kaiser, der sogar eine Porzellanmanufaktur eingerichtet, dem Seidenbau aufgeholfen und den Kartoffelbau in seinem Lande verbreitet, auch Not- und Hülfsbücher veranstaltete, konnte dergleichen Fortschreitung in den Wissenschaften keinesweges gleichgültig sein. Hatte daher kaum gemerkt, daß das Gold echt und brauchbar sei, so ließ er gleich einen Herold, mit einer großen Posaune, die Straßen hinunter reiten und ausrufen: daß derjenige vortreffliche und große Mann, der dies Kunststück bewerkstelligt, sogleich bei Hofe sich einfinden möge, inmaßen der Kaiser gesonnen sei, ihn ziemlich in Ehren zu halten.

Unter dem Gedränge der Leute schlich ich mich indessen wieder an die Häuser und verwandelte sie durch meine Wissenschaft in eine gewöhnliche Gasse. Nun vermehrte sich das Erstaunen und Lärmen noch um ein Großes; einige junge Bursche, die sich damit beschäftigt hatten, einiges Gold von den Ecksteinen abzukratzen, sahen, daß ihr gehoffter Gewinnst nun wieder verschwunden, und wurden dermaßen ungehalten, daß sie sogar heftige Flüche ausstießen.

17.

Was mich aber am meisten ergötzte, war des Kaisers Majestät selbst. Stand der ehrwürdige, große Mann da, und hatte vor lauter Erstaunen das Maul und die Augen weit aufgesperrt. Mußte über Dero Possierlichkeit laut lachen, und ließ mich geschwinde, um nicht noch mehr Unschicklichkeit zu begehen, bei Hofe anmelden, als derselbe Künstler, der die bekannten Wunderwerke veranstaltet habe.

18.

Es konnte nicht fehlen, daß der Kaiser sogleich gelaufen kam, um mich in genauen Augenschein zu nehmen. Die Audienz ging vor sich und lief sehr gnädig ab. Sagte unverhohlen, daß ich dergleichen Kunststück zu machen fähig. Worüber der Kaiser eine große Freude empfand, und sagte: ich würde ihn verbinden, wenn ich mich an seinem Hofe aufzuhalten geruhete. Sagte es ihm auf einige Zeit zu.

19.

Bat mich Ihro Majestät, ihm doch, in Gegenwart des hohen Ministerii, einige exquisite Kunststücke vorzumachen, weil er gerade ein großes Traktament zu geben gesonnen. Sagte demselben meine Dienste zu, und daß er nach seinem Belieben mit meinem geringen Talente schalten und walten könne.

Ihm aber selber eine Ergötzung zu machen, verwandelte sogleich seine Frau Gemahlin in pures Dukatengold, worüber er vor Verwunderung mit den Händen zusammenschlug. Bat mich aber, sie wieder rückwärts in seine Frau zu verwandeln. Geschahe von meiner Seite.

20.

Nun wurde mit der Kaiserin eine sehr interessante psychologische Untersuchung angestellt, was, und wie sie als Gold empfunden, gedacht und sich vorgestellt habe. Waren alle Anwesenden von Herzen neugierig; sie sagte aber, daß sie durchaus gar keine Empfindung gehabt habe. War immer merkwürdig genug.

Mir, für meine Person, schien sie als Gold viel reizender, als in ihrem wahren und natürlichen Zustande.

21.

Die Minister waren jetzt versammelt, und der Kaiser bat mich, in ihrer Gegenwart etwas vorzunehmen. Die Tafel war aufgetragen, alle Speisen standen in Bereitschaft, und schon war das hohe Ministerium im Schnappen begriffen, als ich Alles sammt und sonders in Gold verwandelte.

Wollte, ich könnte das Erstaunen beschreiben, das sie Alle ergriff: es war in der Tat zu verwundern.

Um die Kränkung aber aufzuheben, stellte ich nach einiger Zeit die wirklichen Speisen wieder her.

22.

Noch als wir bei Tische saßen, erhielt der Kaiser einen Brief, durch den er erfuhr, daß einer von den anwesenden Ministern ein Hochverräter sei. Er gestand auch seine Missetat, und bat um Pardon.

Der Kaiser sprach ihm das Todesurteil, daß er sogleich sollte hingerichtet werden. Ich aber schlug mich in's Mittel, und bat für ihn um Gnade, verwandelte ihn sogleich in Gold, und riet dem Kaiser, ihn nun zur Strafe in die Münze zu schicken, um zur Warnung für andre Hochverräter, Dukaten aus ihm prägen zu lassen. Geschähe; ein Bedienter, der sich hierüber moquieren wollte, wurde in der Eile noch mit verwandelt.

23.

Der Kaiser hatte ein unbeschreibliches Wohlgefallen an mir. Er hatte vor, eine große Jagd anzustellen, und invitierte mich, gleichermaßen Teil daran zu nehmen. Versicherte ihn, sei von jeher ein großer Verehrer der Jagd gewesen.

Schoß wieder nichts, weil, wie gesagt, nicht zu treffen verstand. Verwandelte aber Löwen und allerhand Tiere in Gold und ließ sie dann wieder lebendig werden und davon laufen. Der Kaiser hatte dergleichen Freude noch Zeit seines Lebens nicht empfunden.

24.

Versicherte mich auch derselbige seiner immerwährenden Protektion, und daß ich beständig an seinem Hofe verbleiben sollte, womit außerordentlich zufrieden war; denn hatte mein sehr schönes Essen und ging mir auch in keinem andern Dinge etwas ab.

25.

War nicht lange am Hofe gewesen, so entstand ein ziemlich ansehnlicher Krieg; denn die benachbarten Völker griffen das Reich an, zerstörten die Dörfer und Festungen; in Summa, richteten großen Schaden an.

War mein Kaiser um diese Zeit ganz und gar verblüfft.

26.

Er stellte eine Ratsversammlung an, die aus den erfahrensten Männern bestand; darunter ich auch gehörte. Es kam dazu, daß alle zum Frieden rieten, weil sie Alle nicht Mut genug hatten; ich war der Einzige, der zum Kriege anriet, auch zugleich die Anführung der Armee versprach, mit dem Erbieten, die Feinde gewißlich totaliter zu schlagen.

27.

Man wollte mir erst nicht trauen, setzte aber durch mein Bitten durch, daß zum Feldmarschall ernannt wurde. Merkte, daß die Soldaten mutig waren, und rückte gleich in das feindliche Gebiet ein.

28.

Kam bald zum Treffen, worin unverhoffter Weise und zu meiner größten Freude die Feinde wirklich besiegte, wie ich es bis dahin nur versprochen hatte. Nicht faul zogen wir in das feindliche Land, eroberten die Festungen und Städte, legten Garnison hinein und kehrten dann, mit Ehre und Ruhm gekrönt, nach Aromata zurück.

29.

Die Einwohner liefen uns mit einem fürchterlichen Vivat entgegen. Der Kaiser umarmte mich, man konnte sich nicht satt an mir sehn. Hatte noch niemals dergleichen Ehre genossen.

30.

Es war die Zeit gekommen, daß ich in meinem Leben die Liebe zum zweiten Male empfand. Die reizende Tochter des Kaisers hatte nämlich mein Herz gefesselt. Wurde deshalb melancholisch, hing das Maul und ließ auch den Kaiser je zuweilen grob an. Er dachte wohl, daß mir was fehlen müsse. Fragte mich oft um die Ursache, blieb aber immer die Antwort schuldig, weil mich vor ihm fürchtete.

31.

Endlich faßte mir doch ein Herz und gestand ihm meine Liebe, unter Tränen der Entzückung und Zähneknirschen. Sah der Kaiser dadurch wohl, daß mit mir nicht zu spaßen sei, und versprach mir seine Tochter, wenn ich ihm meine wunderbare Perl überlieferte.

32.

Ich mußte in diesen sauren Apfel beißen, wenn mir die Perl auch noch so lieb war, wollte ich anders die schöne Prinzessin zur Gemahlin bekommen. An demselben Tage, da ich die Perl ablieferte, war mir die Braut überantwortet, und ein so kostbares Hochzeitfest veranstaltet, daß meine gegenwärtigen Untertanen immer noch davon zu erzählen wissen.

33.

Mein Schwiegervater schenkte mir auch einige ausgesuchte Herzogtümer, von denen ich bequem meinen Lebensunterhalt ziehen konnte. War im Privatstande ziemlich vergnügt.

34.

Wurde mein glorreicher Schwiegervater krank, und machte mir nun schon starke Rechnung auf die Krone von Aromata, weil ich der nächste Erbe war. Legte mich daher im Voraus auf die Regierungskunst und studierte meine Untertanen. Kamen mir jetzt die Vorkenntnisse herrlich zu statten, daß ich schon ehemals die Wirtshäuser ausprobiert hatte.

35.

Der Kaiser starb, und ich ward wirklich an seiner Stelle Kaiser. Wußte nicht, wie mir geschah, als ich mich zum Erstenmal »Von Gottes Gnaden« unterschrieb; hatte seitdem mein sicheres Brot und dazu Liebe und Anbetung meiner Untertanen. Bin jetzt alt und grau, und immer noch glücklich, schreibe aus Zeitvertreib und weil ich nicht weiß, was ich tun soll, diese meine wahrhafte Geschichte, um der Welt zu zeigen, daß man gewiß und wahrhaftig das am Ende durchsetzt, was man sich ernsthaft vorgesetzt hat. Habe Gott Lob! noch guten Appetit, und hoffe ihn bis an mein seliges Ende zu behalten. Die idealischen Träume meiner Kinderjahre sind an mir in Erfüllung gegangen: das erleben nur wenige Menschen.

36.

Und hier schließe ich meine Geschichte.

Über tredition

Eigenes Buch veröffentlichen

tredition wurde 2006 in Hamburg gegründet und hat seither mehrere tausend Buchtitel veröffentlicht. Autoren veröffentlichen in wenigen leichten Schritten gedruckte Bücher, e-Books und audio-Books. tredition hat das Ziel, die beste und fairste Veröffentlichungsmöglichkeit für Autoren zu bieten.

tredition wurde mit der Erkenntnis gegründet, dass nur etwa jedes 200. bei Verlagen eingereichte Manuskript veröffentlicht wird. Dabei hat jedes Buch seinen Markt, also seine Leser. tredition sorgt dafür, dass für jedes Buch die Leserschaft auch erreicht wird.

Im einzigartigen Literatur-Netzwerk von tredition bieten zahlreiche Literatur-Partner (das sind Lektoren, Übersetzer, Hörbuchsprecher und Illustratoren) ihre Dienstleistung an, um Manuskripte zu verbessern oder die Vielfalt zu erhöhen. Autoren vereinbaren direkt mit den Literatur-Partnern die Konditionen ihrer Zusammenarbeit und partizipieren gemeinsam am Erfolg des Buches.

Das gesamte Verlagsprogramm von tredition ist bei allen stationären Buchhandlungen und Online-Buchhändlern wie z. B. Amazon erhältlich. e-Books stehen bei den führenden Online-Portalen (z. B. iBookstore von Apple oder Kindle von Amazon) zum Verkauf.

Einfach leicht ein Buch veröffentlichen: **www.tredition.de**

Eigene Buchreihe oder eigenen Verlag gründen

Seit 2009 bietet tredition sein Verlagskonzept auch als sogenanntes "White-Label" an. Das bedeutet, dass andere Unternehmen, Institutionen und Personen risikofrei und unkompliziert selbst zum Herausgeber von Büchern und Buchreihen unter eigener Marke werden können. tredition übernimmt dabei das komplette Herstellungs- und Distributionsrisiko.

Zahlreiche Zeitschriften-, Zeitungs- und Buchverlage, Universitäten, Forschungseinrichtungen u.v.m. nutzen diese Dienstleistung von tredition, um unter eigener Marke ohne Risiko Bücher zu verlegen.

Alle Informationen im Internet: **www.tredition.de/fuer-verlage**

tredition wurde mit mehreren Innovationspreisen ausgezeichnet, u. a. mit dem Webfuture Award und dem Innovationspreis der Buch Digitale.

tredition ist Mitglied im Börsenverein des Deutschen Buchhandels.

Dieses Werk elektronisch lesen

Dieses Werk ist Teil der Gutenberg-DE Edition DVD. Diese enthält das komplette Archiv des Projekt Gutenberg-DE. Die DVD ist im Internet erhältlich auf **http://gutenbergshop.abc.de**

Zeitfracht Medien GmbH
Ferdinand-Jühlke-Straße 7
99095 Erfurt, Deutschland
produktsicherheit@kolibri360.de